KB046139

괜찮은 척은 그만두겠습니다

빈틈없이 행복하고 싶은
나를 위한 마음 선언

괜찮은 척은
그만두겠습니다

한재원 지음

북라이프

괜찮은 척은 그만두겠습니다

1판 1쇄 발행 2018년 2월 28일
1판 4쇄 발행 2018년 5월 25일

지은이 | 한재원
발행인 | 홍영태
발행처 | 북라이프
등 록 | 제313-2011-96호(2011년 3월 24일)
주 소 | 03991 서울시 마포구 월드컵북로6길 3 이노베이스빌딩 7층
전 화 | (02)338-9449
팩 스 | (02)338-6543
e-Mail | bb@businessbooks.co.kr
홈페이지 | http://www.businessbooks.co.kr
블로그 | http://blog.naver.com/booklife1
페이스북 | thebooklife
ISBN 979-11-88850-02-0   03810

지금의 나에게 말해주고 싶다.

너는 참 잘 살고 있다고.

"괜찮아. 다들 이렇게 살아. 예전엔 더 바쁘고 힘들었잖
아? 그러니까 괜찮아."

나에게 '잘 살기'는 숙제와 같았다. 집과 회사만 오가는 단조
로운 일상에 죄책감을 느낄 무렵, 스스로를 바쁜 일상으로 몰아
넣었다. 그렇게 나를 채찍질했다.

'아무것도 하고 싶지 않다.'

정상궤도로 올라타기 위해 노력했던 만큼 힘이 빠졌다. 괜찮

아지기 위한 노력이 모두 수포로 돌아갔을 때, 결심했다. 괜찮은 척은 그만두겠다고. 일단 오늘은 되는 대로 살아보자고.

성의 없이 보낸 시간에 관대해졌다. '열심'이라는 단어와 멀어졌다. 쓸데없이 나를 몰아붙이지 않았다. 나아지기 위한 노력을 그만두자 비로소 나와 마주할 수 있었다.

이제는 이렇게 살아도 되는지, 잘 살고 있는지 스스로에게 묻지 않는다. 대신 약간의 만족을 느끼며 살아간다. 졸음이 쏟아지는 오후에는 따뜻한 라테를 마시고, 약속 없는 주말이면 하루 종일 게임을 하고, 글 한 편을 마무리하면 시원한 맥주 한 잔을 하고 잠드는 일상 말이다.

이 책에는 네이버 포스트 '그러니까, 나는'에 연재한 글과 회사에 들어간 이후의 롤러코스터 같은 일상을 담았다. 보통의 직장인들처럼 피곤에 푹 절은 글을 남들에게 보여줘도 괜찮나 싶지만 괜찮은 척은 그만두기로 했으니까. 누군가 무거운 퇴근길에 이 책을 읽고 '이 사람 나랑 똑같네!' 하며 잠시나마 위로받길 기대하면서 조심스럽게 내 이야기를 꺼내놓는다.

한재원

차
례

프롤로그 • 006

PART 1

그러니까, 나는
현재를 살고 있다

반대로 향할 때가 있다 • 016
취미는 숙면 • 020
  # 힐링은 이불로 • 026
오늘, 그리고 지금 • 027
나중보다 가까운 말 • 031
  # 카르페디엠 • 037
어른이 되는 과정 • 038
아침밥과 연애 • 043
  # 그 밤하늘 아래 • 048
관계의 체감 온도 • 050
수집품이 있다는 건 • 054
삶의 키워드 • 059
  # 나만의 시크릿 박스 • 064
현재를 살고 있다 • 066

PART 2

그러니까, 나는
나와 마주했다

뜸 들이기 • 078

강남에서 일한다 • 082

　# 한 박자 쉬어 가기 • 087

불면의 끝에는 • 088

글을 쓴다 • 092

　# 나는 일기를 쓴다 • 097

나와 마주했다 • 098

관계의 회의 • 102

느리게 재생 • 107

다 풀어야죠 • 112

　# 간절함과 두려움 사이 • 118

시간의 관성 • 120

마음의 기울기 • 124

'잘 될 거야'라는 말 • 128

PART 3

그러니까, 나는
실패자다

나가주세요 • 136

무기력 테스트 • 141

  # 숨만 쉬고 싶은 날 • 147

취미와 벌칙 사이에서 • 148

삼수를 했다 • 151

나는 실패자다 • 156

겨울이 되면 마음도 시리다 • 161

조금 더 가볍게 • 164

  # 내가 만든 삶의 무게 • 168

어떤 간절함 • 170

  # 카페인도 들지 않는 나이 • 174

나의 자유 의지 • 176

안 열심 • 179

연말을 맞았다 • 185

PART 4

그러니까, 나는
안녕하다

게으른 휴식 • 194

꺼내 먹을 순간들 • 197

스물다섯이라는 나이 • 202

　# 나에게 관대해질 것 • 206

작은 위안 • 208

그리움엔 정당성이 없다 • 212

푸른 잎을 닮아간다 • 215

그냥 불편해서요 • 219

　# 나다운 게 뭔데? • 224

눈을 맞추며 • 225

그대로, 여전하게 • 230

　# 학창시절 시험 기간 • 234

나는 안녕하다 • 235

PART 1

그러니까, 나는
현재를 살고 있다

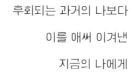

후회되는 과거의 나보다

이를 애써 이겨낸

지금의 나에게

알 수 없어 걱정되는

미래의 나보다

이에 성큼성큼 다가가는

지금의 나에게

말해주고 싶다.

너는

현재를 살고 있다고.

참 잘 살고 있다고.

반대로
향할 때가 있다

어느 여름날, 연남동에서 양손 가득 빵을 샀다. 걷기만 해도 콧잔등에 땀이 맺힐 정도로 습하고 더운 날이었다. 한 걸음도 떼기 힘들 만큼 지쳤지만 빵을 먹을 생각에 들떠 그럭저럭 참을 만했다. 집까지는 한 시간 거리. 지하철을 탈까 하다가 역까지 걷기가 귀찮아졌다. '버스나 타자.' 비록 갈아타야 하고 시간도 더 걸리지만 정류장이 가까우니까. 평소라면 지도 앱으로 먼저 노선을 검색하고 정류장으로 향했겠지만 빵집을 두 곳이나 들른 탓에 두 손이 자유롭지 않았다.

약간의 본능과 어렴풋한 기억을 더듬어 길 건너 버스 정류장으로 향했다. 때마침 익숙한 번호의 버스가 오고 있었다. 앞뒤 재지 않고 재빨리 올라탔다. 버스는 어째서인지 텅 비어 있었다. 시원한 에어컨 바람에 온몸이 노곤해지면서 졸음이 밀려왔다.

이제 내릴 때가 된 것 같은데……. 정신을 차리고 고개를 들어 창밖을 봤다. 여긴 어디야.

'아, 또 버스 잘못 탔다.'

생전 처음 보는 낯선 동네. 텅 빈 버스를 봤을 때부터 의심했 어야 했는데. 어느 정류장인지 확인할 틈도 없이 허겁지겁 버스 에서 내렸다. 그제야 지도 앱을 켰다. 우리 집에서 점점 멀어지는 버스에 20여 분이나 몸을 싣고 있었다.

집으로 바로 가는 버스는 당연히 없었다. 내린 곳에서 길을 건 너 여태 왔던 길을 다시 돌아가야 했다. 출발할 때와 마찬가지로 길 건너 버스 정류장으로 향했다. 버스를 기다리며 엄마에게 보 낼 메시지를 두드렸다.

반대 방향으로 가는 버스를 타서 다시 반대로

우리 집을 목적지로 두었을 때 기준으로는 정방향이겠지만 왔던 길을 되돌아간다는 점에서 반대 방향이기도 하다.

'반대 방향으로 온 탓에 다시 반대로 향해야 하다니.'

버스를 기다리며 이 문장을 곱씹었다. '반대로 간다'는 것은 잘못된 방향으로 가는 것을 의미할까? 아니면 제대로 돌아가는 것을 의미할까? 전자는 방금 내가 저지른 실수를 말할 테고 후자는 집으로 돌아가는 길을 말할 것이다.

곰곰이 생각해보니 내 삶은 항상 반대로 향하곤 했다. 앞으로 나아가는 듯했지만 실은 반대로 향했던 적이 한두 번이 아니다. 대학 입시에 실패해 재수를 하고도 원하는 결과가 나오지 않아 삼수를 했다. 회사에서 기획안을 쓰다가 괜히 이상한 상상력을 더해 결국 원안으로 수정하는 일도 있었다. 퇴근 시간 러시아워를 깜빡하고 택시를 탔다가 도로에 멈춰 선 채로 30분을 보낸 뒤 길을 되돌아가 부랴부랴 지하철로 갈아타기도 했다. 상처를 준 사람과 비슷한 사람을 또 만나다 상처를 받은 적도 있다.

반대로 가는 바람에 다시 방향을 틀어 되돌아오기도 했지만 궁극적으로는 목적한 바에 항상 도달하곤 했다. 삼수를 끝으로

더 이상의 수능은 없었고 여러 차례 수정한 끝에 최종 기획안을
무사히 제출할 수 있었다. 배차 간격이 정확한 지하철 덕에 약속
시간에 늦지 않았고 반복된 삽질을 통해 연애도 접어버렸다.

중중 삽질러로서 배운 것은, 난 언제나 반대로 향할 수 있다는
것이다. 내가 의도했든 의도하지 않았든 말이다.

하지만 괜찮다.

결국 목적지에 도달할 것이기 때문에.

비록 몸은 고단하지만 말이다.

취미는
숙면

    누군가 취미와 특기가 뭐냐고 묻는다면 단 1초의 망설임도 없이 이렇게 말하고 싶다.

      "누워 있기와 잠자기요."

    나의 유난스러운 잠자기 이력은 내가 기억하지 못하는 어린 시절까지 거슬러 올라간다. 엄마의 증언에 의하면 나는 어릴 때부터 하루에 한 번은 꼭 낮잠을 즐겼다고 한다. 유치원 낮잠 시간에는 잠이 안 와서 속닥속닥 떠드는 친구들 사이에서 홀로 깊은 잠에 빠져들었다. 초등학교에 다닐 때는 저녁 식사를 마친 8시 30분, 드라마 〈왕꽃 선녀님〉이 시작할 무렵이면 졸리기 시작했다. '애들은 이만 잘 시간'인 9시가 되기도 전에 잠들곤 했던 것이다.

고등학생이 되어도 나의 잠버릇은 그대로였다. 어찌나 잠이 많았는지 쉬는 시간이면 꼭 엎드려서 잠을 청했다. 독서실에서는 영어 지문을 읽다 꾸벅꾸벅 졸며 문제집 위에 고개를 떨어트렸다. 마치 밤잠 자듯 깊이 잠들었다. 부시시 눈을 뜨면 어느덧 서너 시간이 지나 해가 뉘엿뉘엿 지고 있었다.

회사에 다니는 지금도 마찬가지다. 특별한 일정이 있지 않은 이상, 주말에는 하루 종일 잠을 잔다. 늦은 오후 부스스 일어나 텔레비전을 보다가 저녁을 먹고 또다시 이불 속에 들어가 휴대폰을 하다가 얕은 잠에 든다. 눈을 뜨면 깊은 밤이다. 부엌에 가서 시원한 물을 한 잔 마신다. 다시 이불을 덮고 눈을 감는다.

모태 잠순이인 나는 가능하다면 누워만 있고 싶고 시간이 허락하는 한 길게 잠들고 싶다. 하루의 8할을 잠에 할애하는 내가 한심스러워 억지로 잠을 줄여본 적도 있다. 바로 고등학생 때다.

무슨 일인지 고3 때부터 시도 때도 없이 졸음이 밀려오기 시작했다. 공부 좀 하려고 하면 왜 그렇게 잠이 쏟아지는지. 잠이 부족해서 졸린 것이라 생각하며 주말이면 당연하게 늦잠을 잤고, 낮잠을 잘 수 있는 날이면 밤잠 자듯 깊이 잠들어버렸다.

자도 자도 항상 피곤했다. 아무리 오래 자도 피곤은 가실 줄 몰랐다. 불행인지 다행인지 밥을 먹으면 졸릴까 봐 극단적으로 적게 먹었던 재수생 때는 비교적 졸음이 덜 쏟아졌다.

생각해보면 이후에도 늘 그랬다. 중요한 일 때문에 밤을 새워 무언가를 하거나 카페에 앉아 진한 커피를 마시면서 노트북을 뚫어져라 쳐다보고 있을 때에도 미친 듯이 잠이 쏟아졌다. 할 일이 늘고 챙길 게 많아질수록 비례해서 잠도 늘어난 느낌이었다. 시도 때도 없이 졸린 나 자신이 답답했다. 분명 지난밤에 잘 잤고 이동하는 틈도 놓치지 않고 잠을 청했는데.

스트레스 때문에 쉽게 잠들지 못하면 불면증에 실리기 십상인데 나는 불면증이 있는 동시에 그로 인한 피로 누적과 수면 리듬의 파괴로 주간졸림증까지 심하게 앓는 것 같았다.

어린 시절만큼 많이 못 자서 스트레스를 받는 것일까? 아니면 스트레스 때문에 잠을 못 자고 결국 수면 부족으로 더 많이 자고 싶어 하는 것일까? 답이 없는 두 생각 사이를 복잡하게 오갈 때면 어김없이 잠이 쏟아진다.

혹시 기면증이라도 걸린 건 아니겠지? 걱정하며 잠과 스트레

꿈 속 저편으로

스에 대한 기사들을 찾아보다가 '스트레스 슬리퍼'stress sleeper라는 단어를 알게 되었다. 스트레스를 받으면 잠을 자는 사람을 가리키는 말로 이런 사람들은 나쁜 일이 생기면 잠을 늘리는 경향이 있다고 한다.

'위험! 위험! 스트레스로 잠이 쏟아진다!'

스트레스를 받는 상황이면 웹툰 '유미의 세포들'에서처럼 온몸이 신호를 보내는 것일까? 어찌 생각하면 참 고마운 일이다.

잠이 많고 잠을 좋아하는데 이 때문에 죄책감을 갖자니 삶이 불행했다. 이렇게 된 이상 잠에 대한 생각도 고쳐먹기로 했다. 잠으로 보내는 시간을 헛된 시간이라 여기지 않기로 한 것이다. 생각해보니 오히려 피곤한 일상에 선물 같은 시간이다. 평일엔 "주말에 실컷 자야지."라고 주문을 외웠다. 유일하게 푹 쉬는 법을 억지로 바꾸겠다고 죄책감으로 나를 괴롭혔던 지난 시간을 반성했다.

"이만큼이나 자다니, 실컷 잤네!"

나의 수면 시간에 만족하기로 한다. 따지고 보면 많은 선택들

중에 굳이 내 탓을 하지 않아도 될 것을 탓하며 스스로를 괴롭힐 때가 많았다. 더 이상의 자책은 없다. 이제는 좀 더 여유로워지기로 한다.

잠이 마구 쏟아지는 것이 아직까지는 크게 염려스럽지 않다. 스트레스가 쌓이는 상황을 피하려는 나의 나약함을 잠으로 보여주는 것 같아 신기할 따름이다. 이 글을 쓰고 있는 지금, 늦은 시간에 잠자리에 들었을 때를 제외하곤 잠이 그다지 쏟아지지 않는 것을 보아 현재 스트레스 지수는 그럭저럭 괜찮은가 보다.

이불을 좋아한다.
정확히 말해서
이불 속에 있는 것을
'정말' 좋아한다.

피곤한 하루를 마치고
몸을 누이는 저녁.

삭막한 일주일을 보내고
따뜻한 침대에서
꼼짝 않고 보내는 하루.

내가 가장 사랑하는
힐링의 시간.

#힐링은 이불로

오늘,
그리고 지금

"사는 게 뭔지."

어릴 때부터 엄마에게서 종종 들었던 말이다. 남동생은 엄마가 이 말을 할 때면 늘 이렇게 대꾸했다.

"엄마는 어른인데 사는 게 뭔지도 몰라?"

남동생의 천진난만한 질문은 나와 여동생에게는 재밌는 놀림감이었지만 막상 나조차도 사는 게 뭘까 싶으면서 쉽게 대답할 수 없었다.

스물일곱 해, 내가 지나온 짧고 긴 삶을 돌이켜본다. 적당히, 괜찮게 살기 위해 부단히 노력했던 순간들이 눈앞에 선하다. 쓰러지지 않기 위해 억지로 꿋꿋하게 서 있던 시간들이 촘촘하게 그려진다.

궁금해졌다. 사람들은 왜 사는 걸까? 나는 '눈을 떴는데 아침이 밝아서'라고 말하고 싶다. 지난날이 내게 어떤 의미였든 간에 잠들었던 내가 영영 깨어나지 못하거나 영혼이 다른 차원에 떨어지는 별다른 문제가 일어나지 않고 '평소처럼' 아침을 맞이했기 때문에 하루를 살아가고 삶을 이어간다고 생각한다.

다른 사람들에게도 물어보았다. 한 친구는 '죽지 못해서'라고 말했다. 친구는 살고 싶어서 산다기보다 죽지 못해서 사는 편이 훨씬 많을 거라고 말했다. 이 얘기를 들은 또 다른 친구는 이렇게 말했다.

> "우린 사실 사는 게 아니라 점점 죽어가는 중이야. 지금
> 이 순간에도 얼마 남았을지 모를 수명이 조금씩 줄어들
> 고 있을 거야."

죽지 못해 사는 것, 혹은 매일 매 순간 조금씩 죽음에 가까워지는 것. '우리는 삶을 두고도 이토록 다른 관점에서 바라보는구나' 싶었다.

그러자 궁금해졌다. 아침마다 평소와 다름없이 눈이 떠져 살면서 동시에 죽음에 다가가고 있는 중인 우리는 어떻게 살아야 하는지.

할 수 있는 게 딱히 없었다. 수명을 늘리겠다고, 그러니까 삶을 더 연장해보겠다고 건강관리에 몰두할 수도 있겠지만 건강한 생활이 꼭 장수를 보장하지는 않을 것이다. 내게 앞으로 얼마나 시간이 남았는지도 모르면서 백발의 내가 흔들의자에 앉아 책을 읽는 모습을 상상해보곤 한다. 우리는 모두 점점 죽음을 향해 가는 중이라지만 죽음이란 아직 먼 이야기 같다.

아무리 생각해도 결론은 하나였다. 결국 오늘, 지금에 충실할 것. 언제 죽을지 모르니 더더욱 말이다. 달리 말하면 언제까지 살 수 있는지 모르기 때문에 오늘 할 수 있는 것은 지금 이 시간에 만족하는 것밖에 없는 것 같다.

이제 남동생이 "누나는 사는 게 뭔지 알아?"라고 묻는다면(물을 일도 없겠지만) 이렇게 답하고 싶다.

'오늘을 위한 일을 지금 당장 하는 것.

그렇게 오늘을 보내고 내일을 맞이하는 것.'

그게 사는 것 아닐까.

나중보다
가까운 말

고요한 주말 아침,
저절로 눈이 번쩍 떠졌다.
평소와 달리 이른 시간이다.
출근하지 않아서일까,
몸과 마음이 가뿐하다.

오랜만에 일찍부터 주말을 즐겨보기로 마음먹고
'웃차' 하고 몸을 일으켰다.

양치를 하고 세수를 하고,
개운한 마음으로 책상 앞에 앉았다.
'자, 지금부터 뭘 할까?'
이렇게 생각하면서
나의 '나중에 리스트'를 뒤적여본다.

크림 리조또 만들기
드립커피 진하게 내리기
내 방 대청소하기
화장대 정돈하기
옷장 정리하기
분위기 좋은 카페에서 책 읽기
한강 가서 사진 찍기
로르카 시집 필사하기
포스트에 올릴 콘텐츠 기획하기

끝도 없다.
그런데 막상 뭔가를 하려고 하자
죄다 나중으로 미뤄둔 일이라
선뜻 하나를 고르기가 여간 어렵지 않았다.

늘 그랬다.
구체적인 계획보다는
막연하게 구상하는 게 좋았다.
딱 맞는 시간과 공간을 떠올리지 않아도
큰 그림만 그려놓고 만족할 수 있었다.

여름방학을 코앞에 둔
푹푹 찌는 학기의 끝자락에서,
시험 직전의 아찔함 속에서
항상 그다음을 생각하곤 했다.
대부분 뜬구름 같은 생각들이다.
머릿속에서 몽글몽글 피어났다가
구체적으로 이어나가야 할 때쯤엔
퐁~ 하고 사라져버리고 만다.

시작은 늘 같다.
무한한 가능성을 내포하고
언제나 희망적이며
꼭 지키지 않아도 부담이 없는 그 말.

'나중에'

나중에 밤새 영화 봐야지.

나중에 주말 내내 게임만 해야지.

나중에 커피 내리는 법 배워야지.

나중에 맛있는 와인 실컷 마셔야지.

나중에 살 빼서 비키니 입고 휴양지 놀러가야지.

나중에 혼자 우아하게 멋진 레스토랑에서 식사해야지.

나중에 가족과 스위스로 여행 가야지.

나중에

나중에…

나중에……

나중을 꿈꾸는 것 자체로도

충분히 만족스러울 수 있다.

언젠가 하겠지.

언젠가 되겠지.

성취하기 위한 노력과 비용은 간과한 채

그저 머리로만 즐기는 것은 꽤 행복한 일이다.

나는 언제인지 모를 나중을 기약하며
끊임없이 버킷리스트를 늘려간다.
몽글몽글 피어났던 흐릿한 구상들은
얼마 지나지 않아 머릿속에서
쉽게 사라져버린다.

이렇게 계속 뒤로 미루다가
그 '나중'은 결국 영원히 오지 않는 것일까?
거기까지 생각이 미치자
몇 년 전 몇 번이고 돌려봤던
일본 드라마 〈프러포즈 대작전〉 속 대사가 떠올랐다.

"내일로 미루는 것은 바보나 하는 짓이다."

뜨끔했다.
나는 바보 중의 최고 바보일 것이다.
하고 싶은 일을 죄다 미뤄놓았기 때문이다.
하지만 후회하지는 않는다.
나중으로 미루는 것 자체가 주는 즐거움과 만족을
무시할 수 없기 때문이다.

그렇지만 아무래도
'나중에'보다 가까운 말을 생각해봐야겠다.
이런 건 어떨까.

'빠른 시일 내에.'
혹은 '다가오는 주말에.'
조금은 구체적인 시간을 부여해본다.

'하지 않아야 할 이유'가
명확하지 않다면
일단 해보기로 했다.

갖은 이유를 대며 미루지 않고
시작해보기로 했다.

온전히 지금에
충실하기로 했다.

그래서 오늘
여행을 떠난다.

카르페디엠

어른이 되는
과정

뒤늦게 사춘기를 또 겪는 것 같다. 지금 내 마음을 들여다본다면 방황하고 있는 10대와 비슷하지 않을까?

대학에 입학만 하면, 졸업만 하면, 취업만 하면 다 끝인 줄 알았는데 끊임없는 선택과 낯선 미래가 날 기다리고 있었다. 어떤 때에는 생각지도 않은 새로운 출발선 앞에 억지로 끌려가 서 있었다. 정신을 차리고 보니 나 혼자 출발도 못 한 채 뒤처져 있었다.

'누가 그랬어, 누가 그랬냐고. 대학 가고 취업하면 다 끝
이라고!'

친구들과 만나서도 항상 그런 얘기뿐이었다.

금요일 밤, 오랜만에 친구들과 강남에서 거하게 술을 마실 작정이었다. 7시 30분에 만나기로 했지만 일을 마무리하느라 조금 늦게 출발해 허겁지겁 약속 장소에 도착했다. 친구들은 심각한 이야기를 나누는 중이었다. 바람에 엉망이 된 머리를 정리하며 무슨 이야기를 그렇게 진지하게 하냐고 묻자 친구들이 대답했다.

"저축 얘기."

"애 학자금 대출 갚느라 제대로 돈도 못 모았대."

"언제 다 갚는데?"

"이 월급으론 아직 멀었어. 저축보단 대출부터 갚는 게
먼저겠지?"

이렇게 묻는 친구의 말에 "그럼 잘하고 있어."라고 대답은 했지만 영 개운하지 않았다.

최근 일을 그만둔 또 다른 친구는 말했다.

"요즘 매일 부모님이랑 싸워. 회사 그만둔 걸로."

"평생 놀겠다는 것도 아닌데 왜 그러실까?"

"맞아. 우리 부모님도 나 취준생일 때 피 말렸어. 재취업

하면 좀 괜찮지 않을까?"

우리들의 심심한 위로에 친구는 어렵게 말을 이었다.

"문제는 내가 더 이상 회사에 들어가고 싶지 않다는 거
야. 딱히 기술이 있는 것도 아닌데, 회사 생활 해보니까
하나는 알겠어. 회사 생활이 나랑 죽어도 맞지 않는다
는 거."

아무 말도 할 수 없었다. 서로 할 말이 없어져서 안주만 입에
쑤셔 넣었다. 꾸역꾸역 삼키며 친구에게 도움이 될 만한 말을 마
구 던졌다.

"넌 그림도 잘 그리고, 포토샵도 잘하고 아, 이런 걸로
상도 받았잖아. 그런 건 어때?"

친구가 잘하는 것, 잘할 수 있는 것을 아는 대로 읊어보지만
그리 도움이 되진 않는 것 같았다.
조용히 있던 한 친구가 나직이 말했다.

"너네는 회사라도 있잖아. 난 계속 서류랑 면접에서 탈락해. 마치 거절당하기 위해 태어난 거 같아."

"일하기 싫어, 출근하는 게 너무 힘들고 괴로워."라는 말은 입 밖으로도 내지 못했다. 친구들에게 "넌 나보다 월급도 더 받잖아, 예전에는 즐겁게 일했잖아." 이런 이야기를 들을까 봐 겁이 났다.

그날은 아무리 술을 마셔도 취하지 않았다. 우리 앞을 가로막은 벽을 뚫고 나가고 싶었지만 그러기엔 우리 모두 곤란한 처지라는 것과 혼자 발버둥 친다고 쉽게 벗어날 수 없는 현실을 더욱 깊이 되새김질할 뿐이었다.

집으로 돌아와서도 쉽게 잠들지 못했다. 오히려 너무나도 선명하게 다가온 고민에 내 몸을 부유하던 피곤마저 잠식되는 기분이었다.

공부만 열심히 하면 다 해결된다고 공부 기계로 만들더니 대학에 가서는 너만의 개성과 특기를 만들라고 한다. 그래시 뭐 좀 만들라 치면 계획 없는 휴학이나 늦은 졸업은 취업할 때 불이익이 있으니 빨리 졸업해서 학부생일 때 취업하라고 작은 우리로 몰아댄다.

나를 찾을 방법을 알려주지 못한다면 시간이라도 줬어야지.

'그러게. 대학 다닐 때 찾지, 뭐 했니.'

그러게 말이다. 어째서 하루 종일 아르바이트를 하고 잠을 쪼개며 과제를 하고 공부를 하고 인턴도 하고 대외 활동도 했을까. 얼마나 뭘 더 했어야 할까? 창업? 해외 인턴? 헤르미온느처럼 하루를 48시간처럼 사용하지 못해서일까? 그럼 적어도 시간을 조종하는 도구쯤은 줘야 할 것 아냐.

"다른 사람들도 다 그렇게 살아. 너만 그런 것도 아닌데
유난 좀 떨지 마. 그렇게 어른이 되어가는 것이란다."

이렇게 말하는 사람들을 내 삶에서 도려내고 싶다.
답이 없다. 아무래도 답이 없다. 시간이 지나면 우리 모두 괜찮아지는 걸까? 누구도 쉽게 그렇다고 확신할 수 없다.
그래도 잘 될 거야. 결국엔 잘 될 거야. 끝없는 긍정으로 마무리한다. 이것 말고는 할 수 있는 게 없으니까. 정말로.

아침밥과
연애

아침밥을 안 먹은 채로 수년을 살았다. 그러다 중학생 때 할머니와 같이 살면서 아침밥을 먹게 되었다. 할머니는 이른 새벽에 일어나서 상을 차려놓으셨다. 이미 다 차려진 밥상 앞에서 안 먹는다 할 수 없어서 한 그릇, 어느 날은 일찍 일어난 김에 또 한 그릇, 먹기 싫지만 자꾸 먹으라고 해서 한 그릇.

그렇게 아침을 먹고 간 날에는 꼭 탈이 났다. 체하거나 배탈이 나서 하루 종일 속이 불편했다. 서너 차례 억지로 아침을 먹은 뒤 깨달았다. 난 아침밥을 소화시킬 만한 능력이 없다는 것. 그 후로 할머니에게 내 밥은 차리지 않아도 된다고 이야기했다. 할

머니는 한사코 아침을 먹어야지 왜 그러냐고 물으셨지만 결국 억
지로 먹는 아침밥에서 탈출할 수 있었다.

눈 뜨자마자 뭘 먹는 일은 고역이다. 아무리 음식을 좋아하는
대식가라지만 아침 댓바람부터 먹는 것은 익숙하지 않았고 굳이
익숙해질 필요가 없었다.

어렸을 때 학교에선 어째서인지 "아침밥 먹고 오는 사람 손들
어!" 하는 조사를 했다. 식사를 챙기기 어려운 사람도 있고, 먹고
싶지 않은 사람도 있고, 저마다 사정이 있을 텐데 이런 걸 왜 조
사하지 싶었다.

"아침밥 안 먹는 사람 손들어."라는 말에 손을 번쩍 들었다가
는 손을 든 다른 친구들과 함께 괜한 훈계를 들어야만 했다. 아
침밥을 먹어야 머리가 잘 돌아가고 공부가 잘 된다, 성장기엔 아
침밥이 중요하다, 뭐 이런 이야기였다.

> "전 아침밥 먹으면 체해요. 먹고 나면 공부도 더 안 돼
> 요. 공부는 공복에 더 잘 되고요. 점심 먹고 나면 잠 와
> 서 5교시에 다들 졸잖아요."

이렇게 말하고 싶은 걸 간신히 참으며 선생님의 말을 대충 흘

려들었다. 그래, 누군가에겐 아침밥이 소중한 에너지 보급원이 될 수 있겠지. 그렇지만 적어도 나는 아니란 말이다!

성인이 된 후, 여전히 아침밥을 못 먹는다는 말을 들은 친구는 내게 넌지시 물어봤다.

"그럼 호텔 조식도 안 먹어?"
"그건 먹어. 비싸니까 먹어야지. 왜 안 먹어."

핑계를 대자면 비싸서만은 아니다. 엄연히 따져보면 호텔 조식과 일반적인 아침식사는 먹는 시간부터 다르다. 전자는 느긋하게 푹 자고 일어나서 여유로운 마음으로 먹는 반면 후자는 6시와 7시 사이에 억지로 졸린 눈을 뜨고 아직 모든 감각이 잠들어 있는데 입에 밥부터 밀어 넣는 행위니까. 나의 뻔뻔한 대답에 친구는 눈을 흘겼지만 어쩔 수 없다.

그런 내게 아침식사와 같은 게 있다면 그것은 바로 연애다. 억지로 시작하면 괜히 불편하기만 한 그것 말이다.
어릴 때부터 여자는 자기를 좋아해주는 남자를 만나야 한다는 말이 가장 이해가 되지 않았다.

'뭐라는 거야, 내가 좋아하는 사람도 나를 좋아하고 서로 좋아해야 진정한 연애지. 나는 별로 좋지 않은데 나를 좋아하는 사람이니까 만나줘야 한다고?'

"여자는 사랑받아야 행복해."라는 헛소리에는 "나도 내가 좋아하는 사람 만나는 게 좋아."라고 단호하게 내뱉곤 했다. 사랑은 서로 해야 의미가 있지 일방적으로 받으면 행복한가. 그럼 상대방도 사랑받는 쪽을 택하지 뭘 굳이 어렵게 사랑을 주려고 해. 피차 얼마나 큰지 모를 사랑을 받겠다고 마음에도 없는 연애를 해야 하냐는 말이다. 아무리 생각해도 영문 모를 궤변이었다.

첫눈에 잘 반하기도 하고 운명적인 만남을 꿈꿨던 어린 날의 나는, 항상 좋아하는 사람과 연애하는 쪽을 택했다. 그 탓에 짝사랑으로 그친 적도 많았지만 어쩔 수 없었다.

나름 주도적인 연애를 하고 있다고 생각하던 차에 한 친구를 알게 되었다. 친해진 지 얼마 안 되었는데도 이 친구는 자꾸만 주변 남자들을 소개해주려고 했다.

처음에는 발이 넓고 나를 좋게 여긴다고 생각했다. 그런데 나와 전혀 맞지 않는 사람에게까지 마구잡이로 소개해주려 하고, 심지어 그 친구를 만나러 나갔다가 이름 모를 남자도 함께했던 경우가 여러 번 생긴 뒤에는 그런 제안들이 그다지 좋게 느껴지지 않았다.

처음에는 정중하게 거절하고 불편하다고 손사래도 쳐봤지만 그 친구는 지칠 줄을 몰랐다. 학창 시절 아침밥을 억지로 먹었을 때와 같은 기분이었다. 나를 생각하는 마음에 완강히 거절하지는 못했지만 정말로 피하고 싶었던 그때 말이다.

친구의 주선으로 다른 과 선배와 메시지도 주고받았지만 너무나 고통스러웠다. 친구의 지인이라 거절하기도 어려웠고 편하게 지내자니 상대방은 그럴 생각이 없는 듯했다. 그 뒤로 그 친구와의 약속은 피하게 되었다.

나도 상대방도 충분히 마음이 맞고 호텔 조식처럼 여유롭게 즐길 수 있는 준비된 연애라면 당연히 할 생각이 있다. 하지만 억지로 먹어야만 하는 아침밥 같은 연애는 하고 싶지 않다.

"연애 안 하는 사람 손들어!"라고 말한 뒤 손을 번쩍 든 내게 훈계해도 소용없다. 여자는 사랑받아야 하고, 한 살이라도 어렸을 때 연애를 해야 하고, 그래야 결혼 시장에서 뒤처지지 않고……

"어쩌라고요. 제가 싫다는데요!"

식어버린 캔맥주를 들고
옥상으로 올라간다.
시원한 바람에 코끝이 차다.
무심코 본 하늘에 별이 많다.
반짝이는 게 너무 많아
눈앞이 어른거렸다.

몰랐다.

어두운 밤,

나는 별을 덮고 잠들었구나.

그 밤하늘 아래

관계의
체감 온도

5월의 어느 늦봄,
콧잔등에 미지근한 바람이 스칠 무렵.
동료는 따뜻하다 말했고
나는 벌써부터 덥다고 말했다.

갑자기 날카로운 바람이 불던
11월의 어느 날.
동료는 너무 춥다고 말했고
나는 딱 알맞게 선선하다고 말했다.

일기예보에서 말하는 기온은 동일한데
각자의 온도에 따라 다르게 느끼고 있었다.

인간관계가 딱 그렇다.
서로 똑같은 감정을 주고받는 것 같지만
체감하는 온도는 분명 제각각이다.

어렸을 땐 이런 온도차를 쉽게 이해하지 못했다.
나만큼 뜨겁지 못한 사람에게는
마음이 쉽게 식어버렸다.
뒤늦게 상대의 온도가 올랐을 땐
내 마음이 이미 식어버린 뒤였다.
반대도 마찬가지였다.
내가 상대의 온도를 따라 뜨거워졌을 때는
상대의 온도가 이전의 나만큼 낮아져 있었다.

뜨겁거나 차가웠다.
미지근한 법이 없었다.
둘 중 하나였다.
관계에선 늘 그랬다.

어느 날, 샤워를 하려고 물을 틀었을 때.

촤아—

머리 위로 차가운 물이 마구 쏟아졌다.
소리를 지르며 수도꼭지를 왼쪽으로 돌렸다.
그러자 김이 날 정도로 뜨거운 물이 뿌려졌다.
갑작스러운 열기에 몸을 벅벅 문지르며
수도꼭지 미세 조정에 들어갔다.

조금만 더 오른쪽으로 가면 차갑고
조금만 더 왼쪽으로 가면 뜨거웠다.
겨우 내 체온보다 조금 높은 온도를 찾아
머리를 감고 몸을 닦았다.

샴푸를 헹궈내며
관계의 미세 조정에 대해 생각했다.
그동안 상대방이 나와 같아지길
기다리거나 종용했을 뿐,
함께 맞춰가기 위해 오른쪽, 왼쪽으로

마음을 옮겨본 적이 있었나.
연인뿐만 아니라 친구, 가족도 마찬가지였다.

내 마음을 알아주지 못하는 것,
나만큼 사랑하지 않는 것에 실망하기 급급했다.
내게 살갑게 구는 사람에겐
오히려 더 차갑게 대했다.
미지근한 법이 없었다.

결코 같을 수는 없을 것이다.
사람 마음이라는 게.
그리고 깊이라는 것도.
온도라는 것도.
조금은 미지근한,
거기서 조금 더 따뜻하거나 시원한
그 온도를 찾기 위해서는
진득하게 미세 조정하는
인내심이 필요할 것 같다.

수집품이
있다는 건

간절함이 생기기도 전에 너무 쉽게 가질 수 있어서일까? 보고 있는 것만으로도 마음이 풍족하고 처음으로 내 손에 쥐었을 때의 기쁨이 생생해 감히 버릴 마음을 먹기까지 굉장한 시간이 드는 것. 그런 물건이 지금의 나에겐 없다.

어린 시절을 수많은 장난감과 함께 보냈지만 그중 가장 많은 지분을 차지한 것은 소꿉놀이 세트다. 엄마가 처음으로 사준 소꿉놀이 세트에, 어린이날, 크리스마스를 지나며 새롭게 추가된 장난감 티팟 세트와 미니 부엌은 옵션. 거기에 사촌 언니가 이젠 필요 없다며 물려준 것까지 소꿉놀이 장난감은 끝도 없이 늘어났다. 대여섯 살 아이가 들어갈 만한 크기의 상자가 소꿉놀이 장난감만으로 가득 찰 정도였으니 그 양은 지금 생각해봐도 상당했다.

새로운 장난감이 생기면 보통은 원래 있던 것을 대체하기 마련이지만 그건 이론상 가능할 뿐, 어린 시절의 나는 이미 수집의 즐거움을 알아버렸다. 오래되어 손때 탄 장난감도 내 손에 들어오면 고이 모셔두었다. 단 하나도 잃어버리거나 버리는 법이 없었다.

나의 소꿉놀이 방식은 꽤 독특했다. 상자를 엎어 장난감을 쏟아낸 뒤 세트별로 분리해 방바닥에 늘어놓는다. 나름의 규칙대로 진열된 그릇, 컵, 포크 등을 충분히 감상한 뒤, 늦은 밤 다시 상자에 담으면 끝이 난다.

꽤 오랜 시간 동안 꼬질꼬질하게 색이 바랜 그것들을 간직했다. 소꿉놀이를 하기에는 훌쩍 커버린 후에도 한 번씩 장난감들을 꺼내 방바닥에 엎고 정리하고 감상했다. 소꿉놀이는 나 혼자 오롯하게 느낄 수 있는 '재미' 그 자체였다.

고등학교 교복을 입게 된 후로는 또 다른 수집을 시작했다. 1학년 때 가장 친했던 짝꿍은 동방신기의 열렬한 팬이었다. 그 친구는 같은 앨범을 몇 개씩이나 소장했고, 고화질 화보를 PMP에 저장해두거나 배경화면으로 설정해놓곤 했다.

나도 동방신기를 좋아하긴 했지만 음악 방송이나 예능에 출연했을 때 슬쩍 챙겨 보는 수준이었다. 잡지를 살 때 브로마이드를 한 장 더 챙기는 정도?

그러던 어느 날,

"오늘 새로운 뮤직비디오 떴는데 봤어?"

친구가 상기된 목소리로 영상을 보여줬다. 일본어로 노래를 부르는 동방신기의 모습은 처음이었다. 그 뒤로 새로운 수집 세계에 첫 발을 떼게 되었다. 동방신기의 일본 앨범을 모으기 시작한 것이다.

당시 일본 싱글 앨범은 한두 곡씩 발표되어서인지 꽤 자주 발매되었다. 앨범이 나오는 날이면 학교 문을 나서자마자 교보문고 핫트랙스로 향했다. 집에 휴대용 CD플레이어가 있었지만 노래는 MP3나 휴대폰으로 들었다. 앨범은 당연히 음악을 듣기 위해 구입한 것이 아니었다. 아주 가끔 깨끗하게 손을 씻고 조심스럽게 CD를 꺼내 앨범 속 가사 집을 보며 딱 한 번 듣는 것으로 충분했다. 그러고 나면 다시 고이 모셔두었다. 아니, 실은 자기 전에 한 번씩 앨범 재킷을 들여다보는 것만으로도 만족감은 대단했다.

지금은 내가 번 돈으로 청바지와 책, 홍차와 미니어처 티팟 세트를 사기도 하지만 예전의 내가 모으고 추억했던 것과는 결이 다르다.

어릴 때에는 쉽게 갖지 못했던 물건들을 오랜 기다림과 부단한 노력으로 소유하게 되면 매일매일 조심스레 꺼내보며 행복해할까?

막스마라 코트나 레인지로버를 색깔별로 가지면 밤마다 기뻐 잠이 안 올까?

나의 행복은 점점 더 값비싼 물건들로 대체되는 것일까?

더 큰 만족을 얻기 위해 끊임없이 소비하는 게 맞는 걸까?

맥시멀리즘에 가까운 내가 즐거움을 느끼는 수집품이 없다니. 일상에서 소소한 재미가 사라져버린 것 같아 두렵다. 천장에 붙여놓은 야광별이 다 떨어진 것 같다. 밤에 불을 껐을 때만 발견할 수 있었던 작은 기쁨이 사라진 기분.

자기 전에 들춰볼 물건이 없다는 사실이 이렇게 마음을 헛헛하게 만들 줄은 그 물건들을 버릴 땐 미처 몰랐다. 어린 시절 내 손을 거쳐 어느 순간 버려졌던 것들이 문득 그리워진다.

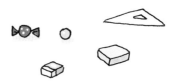

삶의

키워드

연말이면 다음 해에 유행할 트렌드, 컬러, 패션 스타일 등을 전망하는 정보들이 다양한 매체를 통해 쏟아진다. 진짜 유행을 예측한 것인지, 이렇게 발표함으로써 유행이 되는 것인지, 아니면 둘 다인지 알 수 없지만 우리가 이렇게 정해진 키워드 속에서 한 해를 보내게 된다는 것만은 확실하다.

팬톤에서 선정한 울트라 바이올렛 색깔의 제품을 구매하고, 《2018 트렌드 코리아》에서 분석한 올해의 소비 분석 트렌드에 따라 작지만 확실한 행복을 찾아 지갑을 열지도 모른다.

그렇다면 개개인의 한 해를 좌우하는 자신만의 트렌드와 키워

드를 매해 직접 선정해보면 어떨까? 훗날 모아보면 그동안 내가 어떤 가치를 추구하며 어떻게 살아왔는지 돌아볼 수 있는 좋은 도구가 되지 않을까?

그래서 나도 올해, 내 삶의 키워드를 선정했다. 이건 매년 세웠다 수포로 돌아가는 새해 계획과는 다르다. 다가올 한 해를 살아가는 데 필요한 목표나 지향점을 가리킬 수도 있고, 그동안 나를 만들어온 가치관의 총합이 될 수도 있다.

대략 3일간의 고민 끝에 내가 꼽은 올해의 키워드는,

1. 가벼운 만족
2. ㅇㅈ? 어 인정
3. 적먹적싸

'가벼운 만족'은 말 그대로 일상에서 가벼운 만족을 추구하는 것이다. 고차원적인 만족을 위해 스스로를 닦달하거나 괴롭히지 않겠다는 의지가 담겨 있다. 샤워 후 시원한 맥주 한 캔을 마신다거나 따뜻한 이불 속에서 30분 더 꼼지락거린다거나 늦은 밤 라면을 끓여 먹고 부른 배를 두들긴다거나 하는 소소한 행복. 일말의 죄책감 없이 사소한 일상에서 가벼운 만족을 얻고 싶다.

'ㅇㅈ? 어 인정'은 나의 모습을 있는 그대로 가감 없이 인정하는 것이다. 집에서 씻지도 않고 뒹굴거나 누군가를 질투하고 미워하거나 작은 일에 소심하게 일희일비하는 모습까지 나란 사람이 가진 모든 성질을 있는 그대로 받아들이겠다는 의미다. 그동안 나를 부정하고 멋지게 열심히 하는 모습만을 끈덕지게 쫓다가 결국엔 모든 것을 놓아버리고 무기력해진 것에서 교훈을 얻어 정하게 되었다. 뭘 하든 그건 그냥 나다. 한심해도 어쩔 수 없다. 그것도 그냥 나다.

'적먹적싸'는 적게 먹고 적게 싸겠다는 뜻이다. 실제 음식도 좀 적게 먹을 필요가 있고, 삶에서 과한 욕심을 부리지 않겠다는 마음을 담았다. 중의적으로 적당히 먹고 적당히 싸겠다는 뜻으로도 활용할 수 있다. 내가 확실하게 소화할 수 있는 것만큼만, 양만큼만 섭취하고 받아들이겠다는 의미다.

나만의 키워드를 꼽아보니 '별짓을 다 하고 있네'라는 한심한 마음도 들지만 한편으로는 기대가 된다. 올 한 해를 정말 저 세 가지 키워드에 맡기기만 해도 충분히 행복한, 아니 굳이 행복까지는 아니더라도 꽤 만족할 만한 한 해를 보낼 수 있을 것 같다.

앞으로도 매해 키워드를 꼽아보기로 결심했다. 뉴스에서 언급

되는 트렌드, 키워드와 별개로 나만의 키워드를 계속 쌓아가기로 한다. 언젠가 그것들이 높게 쌓이면 나를 좀 더 객관적으로 바라볼 수 있지 않을까.

라틴어 격언, 유명인들의 명언,

나에게 하는 칭찬을 넣은

나만의 '격려 상자'를 만들었다.

힘들다는 말 대신 나에게 좋은 말을 건네고 싶었다.

'나는 내 모든 것을 지니고 있다.'

Omnia mea mecum porto

'오늘 행하라. 이 날은 달아나 돌아오지 않으리.'

Fac Hodie: fugit haed non reditura dies

만들면서도 왜 시작했는지 의문이었던

격려 상자 속 짧은 문장들은

의외로 큰 힘이 되었다.

그래서 나는 앞으로

스스로에게도 다른 사람들에게도

힘들다는 말 대신 격려를 건네기로 했다.

나만의 시크릿 박스

현재를
살고 있다

가끔 이런 생각을 한다.

과거로 돌아간다면 어떤 걸 바꿀 수 있을까.
미래에 나는 어떤 모습일까.
500년 동안 살게 된다면
어떤 삶을 살 수 있을까.

궁금해졌다.
친구들은 어떻게 생각하는지.

"과거로 돌아간다면?"

나는 영어 공부를 열심히 하고 싶어.
중학생 때로 돌아가서 정말 열심히.
그럼 미래가 확 달라지겠지.

나는 적극적으로 친구를 사귀어볼걸 그랬어.
오래된 친구가 있는 사람이 정말 부러워.

나는 원도 한도 없이 놀고 싶다.
공부 말고 그냥 다 해볼래.
뭐든 열심히 하고 열심히 놀고.

더 옛날로 돌아갈 수도 있어?
그럼 나는 태어나지 않는 쪽을 선택할래.
그냥…… 사는 게 힘들잖아.

"미래로 갈 수 있다면?"

눈을 떴을 때 회사에 다니고 있으면 좋겠어.
지금의 노력이 결실을 맺어서
미래에는 내가 원하는 무언가를 하는 거지.

그냥 안정적인 삶을 살고 싶어.
지금처럼 걱정하지 않고
자리도 잡아서 돈도 벌고.

행복했으면 좋겠다.
뭘 하든 내가 행복한 상태라면
미래에서도 뿌듯할 것 같아.
내가 열심히 살아서
행복한 삶을 누리고 있다는 거니까.

"500년을 산다면?"

여러 도시를 옮겨가며 살고 싶어.
다양한 곳에서 다양한 삶을 사는 거야.

지금 이대로 똑같이 살고 싶어.
다른 데로 이사도 안 가고
우리 집에서 오랫동안 살고 싶어.

젊어서 힘이 넘칠 때
돈을 엄청 버는 거야.
그 돈을 열심히 불려서
200년은 쓰기만 하면서 사는 거지.

많은 사람을 만나고 싶어.
친구든 연인이든 어쨌든 정말 많은 사람.
500년을 살면 자연히 그렇게 되려나.

어쩌면 영양가 없는 질문일지도 모른다.
하지만 이 간단한 질문에 답하기 위해
참 많은 생각을 해야 했다.
우리는 누구보다 진지한 표정으로
서로의 답을 들어주었다.

모든 질문의 답에는
우리의 가치관, 인생관이 담겨 있었다.

답을 못한 친구도 있었다.
과거로 돌아가 다른 선택을 했을 때
달라질 미래가 두려워서,
내가 마주하게 될 모습이
기대에 미치지 못할까 겁이 나서,
500년이나 살아야 한다는 게
상상만으로도 버거워서.

서로의 이야기를 들으며
한마디씩 사족을 붙였다.

"그건 지금도 할 수 있어."

"오히려 지금이 더 나을 수도 있지."

"그때로 돌아가도 똑같을 것 같은데."

"미래로 건너뛰면 허망할 것 같아."

그리고 내린 정답 하나.

지금 우리는

현재를 살고 있다는 것.

과거에 대한 후회나

미래에 대한 걱정은

현재를 사는 우리에게

큰 영향을 미치지 못한다는 것.

그러니 마치 500년을 살 수 있는 사람처럼

살아보자는 것.

삶에 쫓겨

나의 가치관, 인생관을 잃지 말고.

그러니까, 나는
후회되는 과거의 나보다
이를 애써 이겨낸
지금의 나에게

알 수 없어 걱정되는
미래의 나보다
이에 성큼성큼 다가가는
지금의 나에게

말해주고 싶다.

너는
현재를 살고 있다고.
참 잘 살고 있다고.

PAST

PRESENT

FUTURE

PART 2

그러니까, 나는
나와 마주했다

어렴풋 느꼈다.

내 감정이 말라 더 이상 파닥거릴 수 없을 때,

비로소 울음도 그칠 것이라는 걸.

그러니까, 나는

나와 마주했다.

사랑함과 동시에 증오했던

모순된 감정을 가진 나를,

그 감정에 괴로워하는 나를

결코 부정할 수 없다는 걸.

그것 또한 나일 뿐이라는 걸.

뜸
들이기

시험공부 시작하기 전에 방 청소하기.

다이어트 마음먹은 날에 배 디지게 먹기.

잠들기 전 유튜브에서 미니어처 요리 동영상 보기.

현관문 나서기 직전 이어폰 꽂고 그날의 기분에 어울리는 곡 재생하기.

무언가를 시작하기에 앞서 뜸을 들이는 편이다. 차가운 물속에 뛰어들기 직전, 준비운동을 하는 수영 선수처럼 미리 몸과 마음을 달래고 정돈하는 나만의 절차다.

문제는 너무 오래 뜸을 들인 나머지 밥을 홀랑 다 태울 때가 있다는 것이다.

일분일초라도 빨리 시험공부에 매달려도 부족할 판에 엉뚱하게 방 청소를 하느라 체력이 다 고갈되는 일은 하도 많이 겪어서 우스울 정도다. 다이어트 직전에 과식한 나머지 다음 날 배가 아파서 운동을 거른 적도 있다. 잠이 쏟아지는데 유튜브 동영상을 보다가 잠을 놓쳐 밤을 꼬박 새고, 현관문 앞에서 마음에 드는 곡을 찾느라 늑장을 부리다 코앞에서 지하철을 놓친 일도 허다하다.

맛있는 밥은커녕 누룽지도 아닌 시커멓게 탄 밥을 만들어버린 것이다. 나만의 이상한 뜸 들이기 습관을 고쳐야겠다고 마음먹은 것도 계속해서 탄 밥을 경험하고 나서다. 뜨거운 걸 만져보고서야 "앗! 뜨거워!" 하며 조심하는 나로서는, 바보짓을 수차례 반복한 뒤에야 드디어 생산적인 결심을 했다.

'일단 무언가를 하려고 마음먹으면 준비운동 없이 바로
시작하자!'

공부를 해야 하는 날에는 방이 너저분해 보여도 고고하게 앉아 책을 펼쳤다. 다이어트를 마음먹은 날엔 준비랄 것도 없이 곧

음. 들이기

바로 운동을 했다. 잠이 쏟아질 때는 이불을 머리끝까지 덮고 잠을 청했다. 출근길 선곡은 현관문 앞 대신 지하철에서 했다. 시작을 늦추는 습관적 미루기를 하나씩 끊어내기 시작했다.

일련의 의식과도 같았던 행위들을 꼭 해야만 마음이 편했는데, 오히려 아무것도 하지 않는 게 나에게 더 도움이 되었다. 아주 사소한 일상을 마주하는 데 요란한 준비운동은 필요하지 않았다.

더 이상 괜한 짓은 하지 않기로 했다. 행동뿐만 아니라 삶 전반에서 말이다. 《수학의 정석》에서 집합 부분만 붙잡고 책이 닳도록 보고 있으면 수학 점수가 오르지 않듯이 어렵더라도, 꺼림칙하더라도 본론에 먼저 다가갈 것이다.

강남에서
일한다

강남에서 일한다.
'그래서 어쩌라고' 싶겠지만
내게는 의미 있는 말이라 문장으로 옮겨본다.

'나는 강남에서 일한다.'

처음 삼수를 결심했을 때,
삼수를 망치고 울면서 대학에 입학했을 때,
내 인생을 손가락으로 접어가며 셈했던 그때.

빨리 졸업해도 스물다섯 살일 텐데 어디에 취업하지.
아니, 취업이나 할 수 있으려나.
내 주제로는 절대
좋은 회사에서 일할 수 없을 거야.

명문대밖에 안 보이고, 대기업밖에 안 보이는
어린 마음과 좁은 시야 때문에
그런 편협한 생각을 했더랬다.

약속이나 대외활동 모임으로
번화가의 빌딩 숲 사이를 방문할 때면
사원증을 목에 건 직장인들이 늘 부러웠다.
그들이야말로 시대의 엘리트,
선택받은 사람들 같았다.
대기업 로고가 찍힌 사원증을 볼 때면
부러움과 동시에 좌절이 밀려왔다.

나도 저렇게 되면 좋을 텐데.
가족들도 좋아하겠지?
그동안의 실패도 모두 보상받을 수 있지 않을까?

회사 생활도 치열하겠지만
보이지 않는 미래를 위해 버둥거리는 것보다는
나을 것 같았다.
대학생은 돈 쓰면서 학교를 다니지만
회사원은 돈 벌면서 회사를 다니잖아.
제발 좋은 회사에서
바쁘게 살아보면 소원이 없겠다.

스물여섯 살, 소원대로 '강남에서 일하게' 되었다.
입사 초기에는 숨만 쉬어도 즐거웠다.
일도 재밌었고 동료들과도 마음이 잘 맞았다.
하루하루가 충만하고
스스로가 사랑스러웠고
내 삶에 감사했다.

하지만 곧 모든 게 현실이 되었다.
돈 버는 일은 역시 쉽지 않았다.
얼마 지나지 않아 출근과 동시에 퇴근을 떠올렸다.
경추 통증과 장염,
이유를 알 수 없는 두통까지 생겼다.

그래도 아직은 그럭저럭 괜찮다.

첫 직장이라 비교할 곳도 없고

단짠단짠하게 만족과 불만족을 오가며

여느 직장인과 비슷한 하루하루를 보내고 있으니까.

'이렇게 쉽게 안주해도 되나'

하는 생각에 종종 숨이 막히지만

한편으론 사람들이 말하는

'정상'이라는 궤도에 올라탄 것 같아

안심이 된다.

언젠가 또 다른 나의 꿈을 찾는다고 우회를 할지,

혹은 이 길은 사실 내 길이 아니었다며

유턴을 할지도 모르겠다.

다만 강남의 빌딩 숲은

내 인생이 유일하게 비껴가지 않은 부분인 것 같아

이상한 안도감을 주면서,

동시에 현실에 안주하는 내 모습을 투명하게 비춘다.

지금 나는 잘 살고 있는 걸까?

물음에 대충 답을 흐린다.

아직까지는

빌딩 숲 사이로 보이는 하늘이 파랗다.

나른하게 누워 하늘을 감상하다

벌떡 일어나 창가에 선다.

방충망을 열고 창밖으로 팔을 쭉 뻗어

두 손 가득 하늘을 담는다.

요즘은 사소한 순간이 항상 아쉽다.

한 박자 쉬어 가기

불면의
끝에는

잠이 오질 않는다. 마음이 초조하다. 얼른 자야 하는데. 이 생각에 더 잠이 안 오는 것일까? 아무 생각을 하지 않기로 한다. 방안 가득 시계 초침 소리뿐이다. 흐르는 시간이 지겹게 느껴지는 순간까지도 역시 잠이 오질 않는다.

불면의 밤은 항상 이렇다. 길고 어두운 밤이 가벼운 바람처럼 내 머리만 휘젓고 지나가버린다. 일찍 잠자리에 들어도, 일부러 잠들 수밖에 없는 늦은 시간에 이불 속에 들어가도 방법이 없다.

몸이 피곤하면 잠이 잘 올 테지. 캄캄한 방 안에 누운 채로 다리를 들었다 내렸다 하면서 체조를 한다. 아무 소용이 없다. 괜히 움직이는 바람에 정신만 더 번쩍 드는 기분이다. 눈을 가리면 잠이 잘 온다던데. 안대를 찾아 써본다. 귀에 감긴 고무줄에 온 신경이 몰린다. 생경한 느낌에 안대를 벗어 던진다.

문득 잠이 잘 온다는 호흡법이 떠올랐다. 숨을 깊게 들이마시고 참았다가 천천히 뱉어내는 간단한 방법이다. 수차례 반복하며 호흡을 가다듬는다. 언제 잠들었는지도 모르게 잠들었다가 다시 눈꺼풀을 올렸을 땐 아침이 밝아 있길 바라며. 열다섯 번 넘게 해봤지만 소용이 없다.

밤을 새야 하는 날엔 헤어날 수 없는 파도처럼 잠이 밀려오더니, 푹 자고 싶은 이 밤엔 어떻게 이렇게 안 올 수가 있냐. 괜시리 화가 치밀어 오른다. 지금 잠들어도 겨우 네 시간 잘 수 있는데. 내일을 상상하니 끔찍하다. 이렇게 밤을 새고 난 다음 날, 그렇게 시작될 한 주가 막막하다.

'어서 잠들어야 해.'

몇 번이고 마음으로 외쳐보지만 내 몸은 간절한 바람을 들어

줄 생각이 없는 듯하다.

차라리 뭘 먹을까. 그러면 배가 불러서라도 잠이 오려나. 컴컴한 부엌으로 더듬더듬 걸어가 냉장고 문을 연다. 주황 불빛에 눈이 부시다. 딱히 뭐가 먹고 싶지는 않은데. 냉장고 소리만 요란하게 울려 문을 닫는다. 따뜻한 차라도 마실까 싶어 유리컵을 집었다가 이내 제자리에 둔다. 결국 자리에 다시 눕는다. 자려고 애쓰는 수밖에 없을 것 같다.

오랜 시간 깨어 있으려니 별 생각이 다 든다. 평소엔 그다지 큰의미 없던 사건들이 새벽을 걸치고 불쑥불쑥 등장한다. 대체로 큰 좌절을 느끼거나 굉장히 괴로웠던 일들이다. 시간이 지나 어느 날 문득 생각해보면 이 정도로 불행한 일은 아니었는데 싶겠지만 새벽에게 자비는 없다.

어떤 날은 불쑥 찾아온 기억들에 너무 화가 나서 눈물을 펑펑쏟을 때도 있고, 또 어떤 날은 모든 의지가 날아가 버려서 나약함만 남아 기운이 빠질 때도 있다. 한 번 든 생각을 외면할 방법을 모르겠다. 수많은 밤을 지새워놓고도 여전히 모르겠다. 밤의 재판을 받는 기분이다. 기억하고 싶지 않은 일 혹은 상처를 받은일들이 머릿속에 주르륵 그려진다.

'역시, 이 시간에 깨어 있으면 안 돼.'

결론은 늘 하나뿐이다. 또다시 잠들려고 노력한다. 밝아올 내일, 아니 이미 오늘인 오전을 위해서 말이다.

창문 밖은 벌써 푸르스름한 빛으로 번져 있다. 희고 옅게 날이 밝아온다. 한숨도 못 잤는데 벌써 아침이라니. 내일이 밝고 나서야 눈을 감는다. 비로소 잠에 든다.

내 발목을 붙잡는 어제는 새벽을 따라 어느 샌가 저멀리 사라졌나 보다.

글을
쓴다

　글을 쓴다는 건 귀찮은 일거리였다. 그중에서도 독후감과 일기는 정말 하기 싫은 숙제였다. 독후감에는 '느낀 것이 없습니다'라고 쓰고 싶었고, 일기장에는 '그럭저럭 살았습니다'라고 쓰고 싶었다. 쓰고 싶은 말이 없는데 왜 강제로 써야 하지. 의무감에 열심히 썼지만 그 시간이 너무나도 싫었다. 10년이 훌쩍 지난 지금도 그때의 울분이 기억날 정도로.

　글이란 누군가의 피상적인 결과물에 지나지 않는다고 생각했다. 진짜 쓰고 싶은 속마음은 글 따위로 남기지도 않는다고 생각했으니까. 글을 읽는 것도 그다지 좋아하지 않았다. 사실 남의 이야기에 별로 관심이 없었다.

중학교 1학년 때, 트렌디한 친구들이 블로그를 시작했다. 닉네임을 짓고 자기만의 공간을 만들어 마음 내키는 대로 글 쓰는 것을 즐거워했다.

친구들을 따라서 나도 허겁지겁 블로그를 만들었다. 하교 후에 가방을 던져놓자마자 컴퓨터를 켰다. 교복도 갈아입지 않은 채 학교에서 있었던 일을 블로그에 썼다. 자리를 바꾸고 좌절한 일, 짝꿍이 담임 선생님께 혼난 일, 엄마와 싸워서 속상했던 일. 아주 공개적이면서 비밀스러운 곳에 글을 썼다. 그렇게 글 쓰는 것이 일상이 되었다.

재미있는 글을 쓰고 싶었다. 미래의 내가 빵 터질 정도로. 사실 지금 보면 어떤 글이든 웃기기 마련이지만.

즐거움으로 가득한 나를 쓰고 싶었다. 블로그에 쓰는 글은 다른 사람에게 보이는 글이니까.

그러나 내 삶과 내가 쓰고 싶은 글에는 분명 괴리가 있었다. 얇은 종이 성적표는 세상에서 가장 무거운 짐이었고, 잘 굴러가는 듯한 인간관계는 내가 손 떼면 금세 사라졌다. 학교에서는 더할 나위 없이 발랄한 학생이었지만 혼자 있을 때면 깊은 바다만큼이나 고요해졌다. 쓰고 싶은 글을 쓸 수 없다는 것을 깨달았을 때, 블로그를 접었다.

항상 생각이 많았다. 생각만 많았다. 하루 종일 무언가에 골몰했다. 머릿속은 미완의 문장으로 가득했다. 엉켜버린 생각의 시작과 끝을 찾아 문장 사이를 뛰어다녔다.

고등학교 때 지루한 수업을 들으며 턱을 괸 채로 결심했다.

'머릿속을 어지러이 돌아다니는 삶의 파편들을 글로 써야겠다.'

글로 나를 바로 세우고 싶었다. 그렇게 쓰기 시작한 건 더 한참 뒤의 일이지만.

대학생이 되었을 때 글감을 찾아 모으기 시작했다. 그러나 내가 찾아 모으던 파편은 너무 지독해 어느 순간 나를 찌르기도 했다. 겉으로 드러나는 모습과 혼자 있을 때의 나는 중학생 때와 다르지 않았다. 다시 한 번 쓰고 싶은 글을 쓸 수 없다는 것을 깨달았을 때, 쓸 수 있는 글을 쓰기로 했다.

지금 나의 감정을 온전히 느끼기. 그 감정을 몇 번이고 곱씹어

보기. 글쓰기 전 첫 번째 작업이다. 그러다 보면 감정의 줄기를 따라 근원에 다가갈 때가 있다. 깊이 묻어두었던 감정과 해묵은 기억을 꺼내는 일은 썩 유쾌하지 않았다. 글감으로 떠올린 기억에 몇 날이나 밤잠을 설쳤다. 스스로를 향한 원망이 나를 사로잡았다. 이 감정들을 문장으로 해소했다. 내 발목을 붙잡던 질척한 기억, 내 머릿속을 헤집는 나약한 감정을 문장으로 표출했다. 그런 줄 알았다. 기억과 감정이 글이 되어 나를 비출 것이라고는 미처 생각하지 못했다.

방황했다. '나'를 두고. 그리고 내가 쓴 '글'을 두고. 내가 쓰는 모든 글에서 하루에도 몇 번씩 의미를 찾으려 애썼다.

'나는 무엇을 썼지.'
'왜 이런 글을 썼지.'

분명 목적이 있었던 글임에도 숨은 뜻을 찾을 수가 없었다. 손대지 못한 글감이 빨랫감처럼 쌓여갔다. 글을 쓸 물리적 시간도, 글을 쓸 마음의 여유도 없어졌다.

내가 글을 썼다는 사실마저 잊어버릴 정도로 긴 시간이 흐른 어느 날, 삶의 여백 속에 켜켜이 쌓아 올렸던 글감을 다시 붙잡는다. 오랫동안 지나쳐왔던 수많은 감정과 기억, 발을 찌르는 삶의 파편을 다시 모으기 위해서. 굳이 의미를 만들어내기보다 존재 자체만으로도 가치 있는 글을 쓰기로 한다. 재미있는 글일 수도, 기억의 끝을 더듬어 쓴 글일 수도 있다. 물론 둘 다 아닐 수도 있지만 어떤 글감이든 나에게서 비롯되기에 이제는 아무래도 상관없을 것 같다.

내가 쓴 모든 글에는 내가 있다.
나이기 위해서, 온전한 나이기 위해서.
글을 쓰는 것으로 나를 이해해왔기에,
이제 다시 나를 쓴다.

방바닥에 엎드려 연필을 꾹꾹 눌러

일기를 쓰던 때가 있었다.

글씨를 틀리면 지우개로 꾹꾹 눌러가며

열심히 지워야 했다.

지금은 연필보다 키보드가 가깝고

무언가를 쓰는 것보다

지우는 게 쉬워졌지만

앞으로도 나는 나의 하루를

기록할 것이다.

그 글로 오래도록

지워지지 않을 시간을 새길 것이다.

나는 일기를 쓴다

나와
마주했다

견고한 줄 알았던 나는
생각보다 무르고 연약했다.

무언가를 잃어버린 나의 하루는
끝이 보이지 않는 긴 터널이었다.
그 터널 속에서 아주 작은 파동에도
금방 흐트러질 듯한 호흡으로
시곗바늘을 태웠다.

축축한 뺨을 베개에 대고 눈을 감을 때면
또 다른 터널 속에 갇혔다.
울 수 없는 순간에는 꼭
울음 같은 숨이 터져 나왔다.
한숨은 공중에서 흩어졌다.

뇌를 꺼내 차가운 물에 헹구고 싶다.
그럼 지금 이 기분이 조금 흐려질까.
더 이상 목이 따끔거리지 않을까.

평소의 내가 되고 싶었다.

그러다 내 글을 읽었다.
글 속에서 나를 발견했다.

누군가를 열렬히 사랑하고
누군가를 맹렬히 증오하는
뜨겁고 시린 날것의 감정을 가진 나를

부정하고 싶었다.

그건 내가 아니라고 말하고 싶었다.
그동안 숨겨온 감정들이 모두 살아나
가슴 위에서 파닥거렸다.

그러다 어렴풋 느꼈다.
내 감정이 말라 더 이상 파닥거릴 수 없을 때,
비로소 울음도 그칠 것이라는 걸.

그러니까, 나는
나와 마주했다.

무언가를 사랑함과 동시에 증오했던
모순된 감정을 가진 나를,
그 감정에 괴로워하는 나를
결코 부정할 수 없다는 걸.
그것 또한 나일 뿐이라는 걸.

내 안에 있던
뜨겁고 시린 그것들과
나는 마주했다

관계의
회의

고등학교 시절의 나를 누군가 떠올린다면 '발이 넓은 애'로 기억하지 않을까? 당시 나는 여러 사람과 새로운 관계를 만들어나가고 많은 사람 사이에 있는 것을 좋아했다. 그야말로 '외향적인' 캐릭터였다. 그러나 그 모든 노력이 손바닥 위 모래알처럼 부질없어지는 순간 회의감이 밀려오곤 했다.

고등학교 2학년, 체육시간이었다. 우연히 친구 몇 명이 하는 말을 들었다.

"쟤는 너무 둥글둥글한 게 싫어."

"우리랑 깊이 있게 사귀는 것 같지 않아."

충격이었다. 그동안 내 행동이 그렇게 진정성이 없었나 싶었다.

고등학교 3학년, 친구보다는 독서실이 가깝고 풀어야 할 문제
집만큼 고민이 쌓여 있던 시기. 한 친구는 고민이 있을 때마다
독서실로 찾아와 자신의 시름을 나에게 풀곤 했다.

어느 날 답답한 마음에 그 친구가 다니는 독서실에 찾아간 적
이 있다. 그때 친구가 말했다.

"나 공부해야 돼."

편의점에서 산 음료수만 전해주고 다시 내가 다니는 독서실로
돌아갔다. 친구란 참 부질없구나, 느꼈다.

스무 살, 휴대폰 번호를 바꿨다. 처음으로 인간관계를 정리했
다. 나름의 회의감을 맛본 나는 관계에 냉정해졌고 단호해졌다.
관계를 정리할 때에는 잔인하게 끊었다. 떠나가는 인연에 아쉬
워하지 않았다. 인생 혼자 사는 거라며 자조했다. 내가 상처받지

않기 위해서 다른 사람에게 주는 상처는 생각조차 안 했다.

싹 다 정리한다고 해서 인간관계에서 느끼는 씁쓸함이 쉬이 덜어지지는 않았다. 내가 받을 상처를 남에게 준다고 해서 나아지는 것도 아니었다. 어느 순간 나에게는 '진정한', '속마음을 터놓을', '선뜻 연락할 수 있는' 친구가 없는 것 같았다. 관계에 집착했을 때도 괴로웠고, 집착하지 않았을 때도 괴로웠다.

그리고 관계의 원칙을 만들었다. 앞으로 상처받지도 상처 주지도 않기 위해서 사람들에게 많은 의미를 부여하지 않기로 했다.

'영원히 변치 말자.'
'나한테는 너뿐이야.'

이런 말을 섣불리 하지 않기로 했다. 어쩌면 나조차도 지키기 어려울 약속들을 상대방에게 강요한 것은 아닌지. 내가 상대에게 기울인 감정의 깊이만큼이나 똑같거나 더 깊기를 바란 것은 아닌지.

지나친 관계의 무게를 '덜어내기'로 했다. 상대방을 더욱 진심으로 대하기로 했다. 나는 그렇게 하지 않으면서 상대방에게만 요구하는 것은 어쩌면 큰 욕심이 아닐까?

미리 관계에 선을 그을 필요는 없다. 나의 진심이 부담스러우면 알아서 멀어질 테고 나의 진심을 알아주면 마음을 열고 더욱 깊은 사이가 될 수 있을 것이다.

먼저 진심을 보였다면 이제는 끊어낼 차례다. 나의 진심을 이용할 때, 나를 필요에 의한 존재로 대할 때, 나에게 최선을 다하지 않을 때, 나의 호의를 당연히 여길 때는 과감하게 끊을 줄도 알아야 했다.

나를 힘들게 하고 괴롭게 하는 관계를 지속해야 할 이유는 없다. 그런 사람들 때문에 상처받을 이유도 화낼 이유도 없다. 오히려 사람의 진심에 진심으로 답할 줄 모르는 아직 어리석은 사람이라고 불쌍하게 여겨야 할지도 모른다.

나의 부족한 점도 너그러이 이해하고 감싸주는 지금 내 곁의 사람들에게 감사하기로 했다. 여전히 그 자리에서 나를 지켜봐 주어 고맙다고. 내가 믿고 사랑할 수 있는 존재로 내 곁에 존재해주어 감사하다고.

인간관계에서 비롯한 화를 가족에게 푼 적이 많았다. 누구보다 가장 가까이 있는 존재이기에 엉뚱하게 짜증을 내고 소중함과 고마움을 망각했다. 쓸데없는 관계에 목매느라 바빠서 친구들에게 소홀했던 적이 있다. 그럼에도 당연하다는 듯 안부를 묻거나 그동안의 공백을 위로해주는 친구들이 있어 감사하다.

　누구나 모든 사람에게 사랑받고 싶을 것이다. 굳이 미움받고 싶지는 않으니까. 하지만 지나치게 집착하고 신경 쓰고 상처를 받는다면 관계에서 한 발자국 떨어져야 한다. 그리고 나 자신을 돌아봐야 한다. 내가 나에게 소홀한데 누가 나를 진심으로 대할까? 내가 있기에 관계가 존재하는 것이지 관계가 있어 내가 존재하는 것은 아니다.

　앞으로도 늘 그랬듯 무수한 관계를 시작하고 끝낼 것이다. 그 어느 것도 영원하다고 장담할 수 없다. 또다시 회의를 느낄지도 모른다.

　하지만 이제는 안다. 관계에도 연습이 필요하다는 것을. 다음에는 지금보다 좀 더 능숙하게 이겨낼 수 있지 않을까.

느리게
재생

    지하철보다 버스가 좋았다. 깜깜한 터널 속을 급하게 지나가는 지하철보다 큰 창문으로 거리의 풍경을 여과 없이 보여주는 버스가 더 마음에 들었다.

    카메라가 달린 휴대폰을 갖게 된 후 내 얼굴보다 풍경을 더 열심히 찍어댔다. 문득 고개를 들어 바라본 하늘이 맑아서, 움푹 패인 보도의 물 웅덩이에 나뭇잎이 떠 있어서, 매일같이 발걸음을 남기는 오르막길이 고요해서. 같은 거리의 사소함을 눈으로, 휴대폰 카메라로 담아내곤 했다.

어떤 날은 길을 잃고 들어선 골목이 아기자기해서, 어느 집 담장 가득 핀 이름 모를 꽃이 예뻐서, 주차된 자동차 아래에 웅크리고 있는 고양이 가족이 눈에 띄어서 잠깐 발걸음을 멈추고 그 순간에 머물곤 했다.

지하철로 출퇴근하기 시작하면서 창밖을 볼 일이 적어졌다. 바쁘다는 핑계로 계절의 변화에도 무심해졌다. 나의 휴대폰 앨범은 더 이상 쉽게 채워지지 않았다.

잠들기 전 무심코 사진을 훑어보다가 가장 최근에 찍은 사진이 3주 전이라는 사실을 깨닫고 놀랐다.

'어떻게 그동안 아무것도 찍지 않았을 수 있지.'

그렇게 생각하며 내가 거닐던 거리를 탓했다. 늘 그 모습 그대로라 굳이 사진으로 담아낼 풍경이 아니었다고.

지하철역으로 향할 때면 매서운 바람에 몸을 웅크린 채 휴대폰과 시린 양 손을 점퍼 주머니 속에 푹 찔러 넣고 발걸음을 재촉했다. 매일 보는 풍경은 영상을 빨리 감듯 제대로 보지도 않고 휙휙 지나쳤다.

점심시간, 쏟아져 나오는 회사원들로 북적한 거리. 높은 건물들 사이로 수많은 발걸음이 오간다. 시야가 좁은 안경을 쓴 사람처럼 목적지만을 그리는 걸음들이다.

어느 빌딩 상가 1층에 새로 생긴 라멘집, 다른 가게가 입점하지 않아 여전히 비어 있는 예쁜 건물. 사실 조금만 고개를 들어도 눈에 들어올 이 풍경을 아주 자연스럽게 무시하고 있었다. 누군가 내게 변화하는 풍경을 이야기해주지 않는 이상, 아마 꽤 오랜 시간 동안 지나쳐온 거리의 새로움을 혹은 여전함을 발견하지 못했을 것이다.

어느 저녁이었다. 피곤에 절어 지하철에 몸을 실은 여느 때와 같은 퇴근길. 눈을 감으려던 순간 지상으로 올라온 지하철 창문으로 보랏빛 노을이 쏟아져 들어왔다. 얼마 만에 보는 노을이야. 홀린 듯 자리에서 일어나 지하철 문에 붙어 섰다.

'열차가 조금만 더 천천히 달려주면 좋겠다.'

짧은 기회를 놓칠 새라 온 하늘을 보랏빛으로 가득 채운 노을을 연신 휴대폰 카메라로 촬영했다. 다시 캄캄한 터널을 지나 지하철에서 내렸을 때, 이미 노을은 온 데 간 데 없이 사라지고 그저 까만 밤하늘만 가득했다.

늦은 시간까지 일할 때면 창밖이 어떻게 변하는지 놓치기 십상이다. 이렇게 아름다운 하늘은 오랜만이었다. 눈부신 순간을 두 눈으로 담뿍 품어서인지, 어제도 그제도 매일같이 거닐던 그 길이 새롭게 보인다.

고개를 들어본다. 나뭇가지 사이에 가로등 불빛이 달처럼 걸려 있다. 나를 졸졸 따라오는 보름달은 그 어느 때보다 크고 밝게 빛난다. 가로수 은행나무에는 한겨울에도 은행이 주렁주렁 달려 있다.

그동안 쉬이 지나쳤던 거리를 눈에 담으면서 다시 사소한 일상을 사진으로 남기기 시작했다. 엘리베이터 격자무늬를, 회사 로비의 크리스마스트리를, 미세먼지로 부연 하늘을 비집고 비치는 주황빛 노을을, 자동차 불빛으로 눈부신 야경을, 한 번도 가보지 않은 어느 식당의 이국적인 간판을, 어느새 새순이 돋은 나뭇가지를.

굳이 찾아보려 하지 않았을 뿐 늘 내 곁에 있었다. 줄곧 간직하고 싶었던 순간은 내가 고개를 들어 간직하고, 기억하고, 담아내려 할 때 선명해졌다. 너무도 당연해서 등한시했던 것에 주의를 기울이기로 한다. 빠르게 지나쳤던 일상을 되감을 순 없으나 다시 한번 느리게 재생해본다. 언제 끝날지 모르는 이 영화는 오

늘도 내일도 느리게, 때로는 어떤 화면에서 정지해가며 그렇게

재생될 예정이다.

다

풀어야죠

회사를 다니면서 10킬로그램 이상 살이 쪘다. 살이 찌다 못해 등에도 살이 쪘는지 팔이 뒤로 꺾이지 않았고 유연했던 몸은 뻣뻣하게 굳어 그야말로 엉망이었다. 등이 단단하게 굳고 두꺼워져서 살이 찌면 이렇게도 된다는 걸 알고 깜짝 놀랐을 무렵, 경추에 심한 통증이 왔다. 목 디스크인 줄 알고 정형외과에 갔다.

오래 앉아 있어서 골반은 비대칭이 되었고 그 때문에 목까지 아픈 것이라는 진단을 받았다. 도수 치료가 필요하다고 했다. 치료를 받으며 수시로 물리치료 선생님에게 내 몸에 대해 이것저것 물어보았다.

"제가 살이 많이 쪘는데, 등에도 찌더라고요. 원래 등에
살이 찌면 딱딱해지나요?"
"이건 살이 아니라 근육이 뭉친 거예요. 여자분이 이렇
게 단단하게 뭉친 건 처음 봤네요."

살이 아니라는 것에 일단 안심하면서도 지나치게 뭉쳤다는 말
에 놀라 물어봤다.

"그럼 어떡하죠?"
"다 풀어야죠."

선생님은 딱딱 소리가 나는 이상한 기구로 근육을 마구 두들
겼다. '이렇게 될 동안 나는 무얼 했나.' 도수 치료를 받으며 자괴
감이 들었다.

운동을 해야겠다 싶었다. 혼자서 어설프게 하기보다는 전문
가에게 배우면 좋을 것 같아 필라테스, 요가, 퍼스널 트레이닝을
물망에 올렸다. 필라테스나 요가는 꾸준히 해야 할 것 같은데 시
간이 안 맞아서 포기. 헬스장 역시 꾸준히 다닐 것 같지 않아서
포기. 결국 시간이 비는 한 달간 할 수 있는 단기 그룹 트레이닝

위주로 찾아보았다. 맨몸 트레이닝이면 집에서도 쉽게 따라 할 수 있어서 꾸준히 운동할 수 있을 거라고 생각했다.

결국 한 달에 세 번 운동하는 단기 프로그램에 등록했다. 멋진 선생님과 함께 스튜디오에서 소도구를 활용하는 운동을 했다. 꽤 강도 높은 클래스였는데, 나를 제외한 다른 사람들은 이전부터 운동을 꾸준히 하는 분들이었다. 혼자 너무 뒤처지는 것 같아 열심히 따라 하려고 애를 썼다.

그냥 앉았다 일어나기만 했는데 엉덩이는 왜 이렇게 무겁고 팔을 드는데 다리는 왜 후들거리는지. 다른 사람들은 쉽게 하는 동작도 왜 나만 땀이 비 오듯 쏟아지는지. 몸이 너무 둔하고 움직이기도 힘들었다. 한 시간이 안 되는 그 시간이 마치 열 시간 같았다. 예전엔 이 정도로 운동 신경이 없지 않았던 것 같은데, 마음과는 달리 움식여주지 않는 놈이 한심하면서도 이렇게나 몸을 방치한 내 자신이 밉고 한편으로 미안했다. 후들거리는 다리에 억지로 힘을 주며 집으로 돌아갔다. 그래도 마음만은 뿌듯했다. 다음 클래스에서는 좀 더 몸을 잘 움직이기 위해 평소에도 조금씩 몸을 움직이며 운동했다.

두 번째 클래스도 역시나 힘들었다. 거울 속 나는 이미 내가 아닌 것 같았다. 몸은 마음대로 움직이지 않았다. 허벅지 한쪽 들어 올리기가 이렇게 힘들 줄 몰랐다. 팔을 가만히 들기만 해도

몸은 마음대로
움직이지 않았다

온몸의 근육이 곡소리를 내는 듯했다.

동작을 따라 하는 거울 속 내 모습을 뚫어져라 쳐다봤다. 볼은 빨개져서 터질 것 같았고 온몸에는 땀이 줄줄 흘렀다. 제대로 힘을 못 쓰는 팔다리는 동작을 할 때마다 부들부들 휴대폰 진동처럼 떨렸다.

선생님은 처음에는 원래 힘들다고, 꾸준히 하면 힘들던 동작을 모두 소화할 수 있다고 이야기하셨다. 선생님의 말씀에 벌건 얼굴로 고개를 끄덕이며 생각했다.

'삼십여 년 가까이 함께한 몸을 내 마음대로 쓰는 것도 쉽지 않은 일이었구나. 내 의지만으로는 움직여지지 않는구나.'

내 몸도 내 마음 같지 않은데 하물며 그동안 수많은 일들을 두고 내 마음 같지 않다고 얼마나 좌절해왔던가. 지난 시간이 문득 부끄러워졌다.

더 자주 쓰는 쪽으로 발달하고, 더 편한 것에 쉽게 적응하는 내 몸을 보며 느꼈다. 내가 그동안 통제하고 싶었던 것들과 그를 위한 노력이 얼마나 의미 없는 소모였는지 말이다. 친구와의 관계, 공부, 일과 연애도. 얼마나 많은 것들이 내 마음처럼 잘 되길 바랐는지 생각했다. 부질없는 노력을 기울이다가 잘 되지 않으면 쉽게 원망한 것이 가슴 깊이 박혔다.

클래스를 마친 후 얻은 깨달음은 육체적인 것보다 정신적인 것에 가까웠다. 마음을 비우고 나니 한결 가벼워진 기분이었다.

생각해보면 그나마 다행이다. 그래도 내 몸만큼은 마음처럼 해보려고 계속해서 시도해볼 수 있고 언젠가는 정직한 결과를 줄 수 있을 것 같기 때문이다. 골반이 비뚤어졌다는 진단을 받고 꽤 여러 차례 도수 치료를 받은 이후론 다리를 꼬지도, 짝다리로 서지도 않았다. 앞으로는 조금 더 내 마음 같길 바라며 조금씩 노력해본다. 유일하게 내 마음 같을 수 있는 내 몸을 위해서 말이다.

그리고 두 선생님의 말을 기억하기로 했다.

'꾸준히 해야죠.'
'다 풀어야죠.'

쉽게 원망하고 포기했던 그 어떤 것들도 말이다.

계속 망설였다.

항상 주저했다.

새로운 사람, 새로운 일을

마주하는 것을.

다가올 끝이 두려워

차마 시작하지 못하면서

새로운 시작을 원해

그 앞에서 망설이고 있었다.

어쩌면 마주하기가 두려워

마냥 기다리고 있었는지 모른다.

이젠 안다.

기다리기만 해서는

어떤 것도 오지 않는다는 것을.

그러니까, 나는

더 이상 주저하지 않는다.

무언가를 얻기 위해 잃더라도

일단 시작하기로 한다.

간절함과 두려움 사이

시간의

관성

관성 :

물체가 외부로부터 힘을 받지 않을 때
처음의 운동 상태를 계속 유지하려는 성질.

시간엔 관성이 있다.
특별한 자극이나 강요가 개입되지 않으면
흐르던 상태를 유지하려는 성질을 가진다.

시간을 쪼개 써도 부족해

하루가 48시간이어도 모자라다고 생각했을 때는
휴식마저 사치일 만큼 빠르게 흘러갔다.
다가오는 다음 날,
그리고 또 다음 날을
얼마나 더 촘촘하게 써야 할지만을 고민했다.

시간에 쫓기듯 살고 있었다.
잘나가는 매거진의 에디터도 아니면서
세상 모든 마감에 치여 살았다.
하나의 일이 끝나면, 또 다른 일이
또 다른 일이 끝나면 새로운 일이 끊임없이 나왔다.
쉴 틈이 없었다.
그리고 놀랍게도,

그 쉴 틈 없는 시간을 보내는 것에
스스로 만족하고 있었다.

한동안 나의 시간은 그렇게 흘렀다.
'열심히', '바쁘게', '열정적으로'.
흐름이 깨진 것은 한순간이었다.

모래성이 무너지듯 와르르.
내 시간, 더 넓게는 삶의 지평이
그렇게 쉽게 흔들렸다.

균열의 틈으로 시간이 쏟아졌다.
갑자기 넘쳐나는 시간에 어쩔 줄 몰라
마냥 시간을 죽이고 있었다.
단순히 '흘려보냈다'라는 말보다 더 정확할 정도로.
반복되는 나날이 지겹다 못해 무서웠다.

월, 화, 수, 목, 금. 너무도 당연한 평일.
회사에서 언제나 같은 모습으로 일했다.
주말이라고 특별한 일은 없었다.
새로운 시도 따윈 없었다.
이렇게 쉽게 흘러가는 시간이 아까웠지만
그렇다고 크게 달라지는 것은 아니었다.

시간엔 역시 관성이 있다.
특별한 자극이나 강요가 개입되지 않으면
흐르던 상태를 유지하려는 성질을 가진다.

깨져버린 모래시계 속 모래알들이
내 손가락 사이로 흘러내렸다.
그렇게 시간에 지배당했다.
굳이 더 계획하고 조정할 마음의 여유는 없었다.

언젠가는 이마저 깨야 할 순간이 올 것이다.
확실한 것은 그 다음 맞이할 시간에도
관성이 존재한다는 것이다.
그때는 어떻게 시간을 맞이하게 될까.
요즘은 그 시간에 대해 연구 중이다.

나는 어떤 시간을 보내야 할까?
어떻게 시간을 써야 할까?
어떻게 오래도록 죽여왔던 그것과
화해할 수 있을까?

마음의
기울기

내 허락도 없이 벌컥 다가오는 한 주의 시작은 몇 번을 맞이해
도 언제나 나를 괴롭게 한다.

'주말은 왜 이렇게 짧지.'
'어째서 사람은 주 5일 노동해야 하는 것일까.'
'주 4일만 일하면 얼마나 좋을까.'

속절없이 지나가는 일요일의 끝자락을 붙잡고 다가오는 월요
일을 날려버리고 싶었다. 일요일 밤이면 잠이 오질 않았다.

반복되는 한 주의 시작이 지긋지긋하게 느껴졌다. 출근하는 날은 피곤하고 힘들었고 불행하다고 생각했다. 한 번 그렇게 생각하고 나니 '불행하다'라는 말이 습관처럼 불쑥불쑥 튀어나왔다.

맛있는 점심을 먹고 사무실로 돌아오는 길, 함께 엘리베이터에 탄 동료에게 말했다.

"삶이 참 불행하네요."

"지금 당장 집으로 돌아가면 행복할 것 같아요."라는 말도 덧붙였다.

글쎄, 과연 나를 불행하게 하는 일이 해결되거나 사라지면 정말 행복해질까? 만약 지금 회사로 돌아가지 않고 집으로 간다면 아니, 더 이상 집으로 돌아가고 싶은 고통을 느끼지 않기 위해 아예 회사를 그만두면 곧바로 행복해질까?

최근에 행복했던 순간을 떠올려본다.

주말에 실컷 늦잠을 자고 무료한 오후를 보낸 것.

가족들과 저녁을 먹고 집 근처에서 영화를 본 것.

동료들과 맛있는 요리를 먹으며 와인을 마신 것.

인터넷에서 주문한 청바지가 사이즈도, 스타일도 나에게 꼭 맞은 것.

지난 밤 꿈속에서 배낭여행을 떠난 것.

일상 속에서 찾은 소소한 행복들이었다. 만약 이런 일들이 생기지 않았다면 불행했을까?

'행복하다', '불행하다' 쉽게 내뱉은 일들을 나열하고 보니 행복과 불행이라는 단어만큼 극단적인 성격의 단어는 없는 듯하다. 행복하지 않다고 해서 불행한 것도 아니고, 불행하지 않다고 해서 꼭 행복한 것도 아니다.

불행하다고 내뱉을수록 마음은 그쪽으로 기울어서 행복하지 않다는 이유로 모든 시간은 괴롭고 힘들다고, 그렇기 때문에 불행해서 죽을 것만 같다고 생각해왔는지도 모른다. 혹은 반대로 행복하고 싶은 마음이 너무 커서 스스로를 불행에 빠트리는 것인지도 모른다.

대체로 만족스럽고 즐겁다 하더라도 단 몇 가지의 이유로 불행할 수도, 반대로 대부분 불만족스러워 괴롭지만 단 몇 가지의 이유로 행복할 수도 있다. 행복과 동시에 불행도 함께 가질 수 있음은 물론이다.

이제 내 삶의 행복과 불행의 균형을 맞춰보려고 한다. 너무 한

쪽으로 기울면 시소처럼 반대쪽으로 기울 수 있을 테니. 조금 덜 행복한 만큼 조금 덜 불행하다면, 마음의 균형이 잘 잡혀 있다면 그것만으로 충분할 것 같다.

'잘 될 거야'
라는 말

고등학교 때였다. 공부는 왜 이렇게 해도 해도 끝이 안 나고, 성적은 내 마음 같지 않은지. 몇 안 되는 친구 관계는 또 어찌나 복잡하고 신경 쓸 게 많은지. 매사 고민이 떠나질 않았다.

나는 어릴 때부터 다른 사람들에게 고민을 드러내거나 말로 표현하지 않는 편이었다. 늘 밝고 괜찮은 사람으로 여겨지길 바랐고, 또 그렇게 행동해서인지 진짜 고민이 있을 때에 어떻게 다른 사람에게 털어놓는지도 잘 몰랐다. 반면에 어른스러운 척 남의 고민을 들어주는 것은 익숙했다.

엄마의 잔소리, 잘 오르지 않는 성적 때문에 나에 대한 불만으로 가득한 날들이 계속되었다. 굳이 친구들 앞에서 엄마 이야기는 하고 싶지 않았고 공부가 괴롭다고 말하기에는 친구들도 마찬가지여서 말할 필요조차 없었다. 할 수 있는 것이라고는 독서실에 박혀서 문제집을 뒤적거리거나, 졸거나, 음악을 듣는 게 전부였다.

여느 때처럼 공부에 지친 어느 날, 바람도 쐴 겸 친구와 독서실 근처 편의점에서 콜라를 마시며 이야기를 나누었다.

> "사는 게 참 힘들다. 공부는 해도 해도 끝도 없고. 성적
> 도 안 오르고."
> "괜찮아. 잘 될 거야."

독백처럼 아무렇게나 읊는 말에 친구가 대답했다. '네가 뭘 안다고'라는 생각이 들면서도 기분이 이상했다. 생각해보니 나에게 그런 말을 해준 건 그 친구뿐이었다. 잘 알지도 못하면서 앞뒤 따지지 않고 필요한 말을 해준 것이다. 다른 친구들처럼 왜 힘든지, 어떤 과목 때문에 고민인지 세세하게 묻지도 않고, 다른 사람도 그렇다는 훈계도 하지 않았다. 너무도 간결한 위로로 한순간 마음이 편해졌다. 정말 괜찮아진 것 같았다. 잘 될 것도 같았고.

그 뒤로 종종 그 말을 듣기 위해 그 친구에게만 나답지 않게

투정을 부리곤 했다. 그럴 때면 그 친구는 늘 "잘 될 거야."라고 간결하게 말해주었다. 자신의 고민은 말해주지도 않은 채 그 짧은 답변으로 대화를 마쳤다.

어쩌면 내 장황한 고민이 듣기 싫어서 빨리 마무리하려고 했는지도 모르겠다. 아니면 무슨 말을 해야 했는지 몰라서였을 수도 있다. 의도가 어쨌든, 그건 당시 내게 가장 필요한 말이었다.

거의 10년이 지난 지금도 괜히 짜증이 나고 힘들 때면 맥락 없는 그 말을 되뇌곤 한다. '지금의 너에게도 투정을 부리면 그렇게 말해줄까.' 이미 오래전에 연락이 끊겼지만, 마음으로는 늘 고마움을 전한다. 내가 힘든 순간에 잘 될 거라는 말이 정말 힘이 되었다고.

이제는 나 역시 힘들다고 말하는 주위 사람들에게 말한다. 어이없는 그 확신이 때론 힘이 될지도 모른다는 생각에 말이다.

"괜찮아요. 잘 될 거예요."

PART 3

그러니까, 나는
실패자다

어쩌면 실패는
인생의 일시정지,
뜻밖의 휴식일지도 모른다.

실패를 반갑게 맞이하기로 했다.
덕분에 좀 쉬게 되었다고.
안 그래도 어려웠는데
이참에 다시 시작해보겠다고.

그리고 성공과 실패에
너무 많은 의미를 부여하지 않기로 했다.
지금 나를 만든 팔 할은 실패일지도 모른다.
그런 나는 지금의 내가 마음에 든다.

나가
주세요

어느 날부터 월세도 안 내는, 원하지도 않는 입주자들이 내 머릿속에 들어왔다. 전부 내쫓고 싶지만 쉽지 않다. 걱정, 고민, 후회라는 세입자들이 원래 살고 있던 기억, 취향, 의지를 내쫓고 살기 시작했다.

이런 때면, 그러니까 내가 기운 없어 보일 때면 모두들 내게 다양한 제안을 해온다.

"요 건너편에 맥주가 맛있는 펍이 새로 생겼던데 같이 가볼래요?"

"우리 지난번에 인스타에서 봤던 횟집, 요새 핫플레이스
래. 주말에 가보자."
"같이 전시회 안 갈래? 공짜표가 생겨서."
"나랑 쇼핑하러 같이 가자. 이것저것 구경도 하고."

귀신같이 내가 좋아하는 것을 제대로 저격해 나의 시간을 다
정히 요청하지만 그럴 때면 늘 머리를 굴려야 한다. 어떻게 기분
나쁘지 않게 거절할지를 말이다. 시원한 맥주도 좋고, 맛있는 회
도 좋지. 주말에 전시회를 보는 것도 좋고, 같이 쇼핑하는 것도
좋아. 그런데 지금은 별로 그러고 싶지 않아.

'여러분, 난 아무것도 할 수 없는 상태랍니다.'

일부러 무료한 시간을 자처한다. 일찍 퇴근하고도 곧바로 집
으로 간다. 예전 같으면 벌써 강남을 신나게 누비고 있을 시간이
다. 일찍 잠에서 깬 주말, 하늘은 맑고 미세먼지도 적다. 외출하
기 더할 나위 없이 좋은 날이지만 씻지도 않고 하루 종일 집 밖
으로 나갈 생각을 않는다. 지루한지도 모르겠다.
예능 프로를 멍하니 보다 이내 텔레비전을 꺼버린다. 시끄러워
귀가 울린다. 휴대폰을 들고 뭐 재미있는 게 없나 찾아본다. 그런

게 있을 리 없지만 혹시나 하고 이것저것 눌러본다. 포털 사이트도 들어가 보고 뉴스도 보고 실시간 검색어 순위도 보고. 뭐 좀 보려던 차에 휴대폰이 꺼진다. 충전을 안 했구나. 에라이. 휴대폰도 아무렇게나 던져버린다.

스케치북과 팔레트를 꺼내 그림을 그릴까. 캘리그래피 연습이나 할까. 아니면 오랜만에 피아노라도 쳐볼까. 아니면 화장대 청소를 할까. 뭐라도 해보려는 생각을 휘휘 저어버린다. 아무렴 뭘해. 귀찮다. 역시나 아무 생각도 없구나, 난.

한 것도 없는데 밤이다. 그제야 공허하게 흘려버린 시간이 아깝다는 생각이 든다. 그렇다고 이 밤에 뭘 하냐. 그냥 눕자. 여전히 꺼져 있던 휴대폰을 머리맡에 두고 충전시킨다. 꺼져 있는 동안 친구들에게서 메시지가 왔지만 못 본 체한다. 내일 볼래.

이럴 줄 알았으면 목요일에 일찍 퇴근하고 맥주 마시러 갈걸. 주말에 전시회 보고 핫플레이스라는 횟집에나 가볼걸. 지난달엔 쇼핑 한 번도 안했는데 이참에 친구 따라 이것저것 살걸.

'안녕. 아무렇게나 흘려 보낸 시간들아. 쉬이 죽여버린
시간들아.'

無氣力
무기력

흔적 없이 사라진 시간에 심심한 작별을 고한다.

머릿속엔 새로운 입주자가 더 늘었다. 자책과 죄책감이다. 비
좁은 머릿속에서 누구 하나라도 꺼져주었으면 참 좋겠는데 바글
바글하게 모여서 나를 더 괴롭히는구나. 아무렴. 지금은 아무 생
각이 없다고 말해야만 될 것 같아. 지금 내 머릿속 무단 침입자
들을 하나하나 열거하며 죄목을 따지기엔 내가 그리 단단하지
않다.

일단 아무것도 없는 체한다. 분위기 좋은 펍에 가서 맥주를 마
시고 내가 좋아하는 회를 실컷 먹고 친구들과 전시도 보고 쇼핑
도 하고 나면 그때 죄를 따져 묻기로 한다. 일단 나중으로 미룬
다. 지금은 그럴 기력도 의지도 생각도 힘도 없어. 스스로를 달래
다 생각한다.

'아아, 이런 게 무기력이구나.'

그렇게 무기력도 입주하셨다.

무기력
테스트

무기력을 체크하는 간단한 테스트가 있다.

중중 무기력 환자인 내가 나를 위해 고안한 것으로,

의학적 근거는 전혀 없다.

1. 별로 피곤한 것 같지 않은데 자꾸 졸리다.

2. 아침에 일어나 샤워하기까지 꽤 오랜 시간이 걸린다.

3. 화장대나 책상을 어지럽힌 채로 일주일 이상을 보냈다.

4. 커피나 술, 즐겨 마시던 음료가 별로 당기지 않는다.

5. 삶이 불행하다는 생각을 자주 한다.

6. 긴 대화를 나누고 싶지 않아 혼자 있는 시간이 길어졌다.

7. 쇼핑할 때나 메뉴를 고를 때 무관심해지고 집착하지 않는다.

8. 시간이 많았으면 좋겠지만 딱히 할 일은 없다.

9. 최근 3일간 크게 웃은 적이 없다.

10. '~해야 하는데'라는 생각에서 그친 일이 많다.

억지로 눈을 뜬다.

출근도 안 하고 퇴근을 먼저 생각했다.

누워 있는 채로 말이다.

이불을 둘둘 말고 오늘의 날씨, 뉴스를 뒤적거린다.

분명 일어났지만 일어나고 싶지 않다.

샤워를 하기까지 꽤 오랜 시간이 걸렸다.

허겁지겁 출근 준비를 마치고

어질러진 화장대를 보며 생각한다.

퇴근하고 와서 청소 좀 해야지.

지하철에 앉을 자리가 없다.

시끄러운 노래를 들으며 억지로 정신을 깨운다.

커피를 마시면 좀 기운이 날까.

무거운 눈꺼풀을 늘어뜨리며
카페에 들를 계획을 세운다.
하지만 회사 건물에 들어서면서 마음을 접는다.
별로 마시고 싶지 않아.

자리에 앉아 노트북을 켜고 메일을 확인한다.
갑자기 문득 불행하다.
피곤에 푹 절어버린 채로
모니터를 바라보는 내 몸뚱이는
아무래도 불행한 것 같다.

점심시간, 가장 만만한 식당에 가서
자주 먹었던 메뉴를 성의 없이 고른다.
메뉴 고르는 데 깊은 생각을 하고 싶지 않다.

동료들과 어젯밤 뉴스, 인기 있는 유튜브 채널,
다시 흥하는 드립에 대해 이야기한다.
일하는 것보다야 재미있지만
이전처럼 큰 웃음이 나지는 않는다.

바뀌는 계절을 맞아 옷을 샀다는 동료의 말에도
아무런 흥미가 생기지 않는다.
나도 옷을 사야 하나,
집에 있는 거 대충 입으면 이 계절이 갈 텐데.

점심식사 후 2시부터 3시까지
고작 한 시간이 어찌나 길게 느껴지는지
퇴근이 간절하다.
이상하게도 4시 이후부터는 시곗바늘이 빠르게 달려
정신을 차려보면 7시 30분이다.

책상을 정리하고 파일을 저장하고
예약 메일을 전송해놓고 머그컵을 씻고
주섬주섬 집에 갈 채비를 한다.

출근길보다 더욱 혼잡한 퇴근길 지하철에 몸을 싣는다.
대체 오늘은 뭘 한 거지, 어제는, 또 그제는.
오늘은 집에 가면 그림이라도 한 장 그릴까.
스트레칭이라도 할까.
잔뜩 사놓은 책을 읽는 게 제일 나을까.

막상 현관문에 들어서자 곧바로 드러누웠다.
겨우 씻고 잠들기 전까지 멍하니 남은 시간을 보냈다.
결국 아무것도 하지 못했다.

갑자기 몰려오는 졸음에
의식의 끈을 풀어놓으며 생각했다.
시간이 많았으면 좋겠다고.
그러면 지금보다 잠도 푹 자고
일어나서 스트레칭도 하고
퇴근 후에 그림도 그리고 책도 읽을 수 있을 테니.

하지만 알고 있다.
두 배로 긴 시간이 주어져도
오늘과 다를 바 없이 지나갈 것을.
모든 결심은 미완성인 문장인 채로
하루를 마감할 것이 분명했다.

한 계절을 이렇게 보냈다.
앞서 말한 열 개의 문항은 매일의 내 모습이다.
무엇이라도 하고 싶지만

아무것도 할 수 없었던 내 모습은
그렇게 긴 여름을 스쳤다.

고질적인 이 무기력증은
어느새 나의 모든 특성인 양 배어들어
가실 줄을 모른다.

아무것도 하고 있지 않지만

엄밀히 말하자면 종일 누워 있지만

머릿속에는 온통

'아무것도 하고 싶지 않다'라는 문장뿐이다.

하루 종일 누워서 생각했다.

어떻게 해야 정말

아무것도 하지 않는 것일지를.

숨만 쉬고 싶은 날

취미와 벌칙
사이에서

　아무래도 취미를 가져야겠다고 생각했다. 뭐라도 꾸준히 하면 무료한 일상에 한 줄기 빛이 될 것 같았다. 전에 하다 그만둔 캘리그라피를 다시 시작했다. 한때 힘들었던 마음을 다잡아준 기억에, 다른 취미는 알아보지도 않았다.

　연남동의 작은 스터디룸에서 선생님을 따라 수강생들과 열심히 예쁘고 좋은 문장을 썼다. 따뜻한 노래 가사, 두근거리는 책 속 한 줄, 난해하지만 아름다운 시구 등. 별달리 따라 쓰고 싶은 글귀가 없을 때엔 내 책인 《사랑에 빠진 순간》 속 문장들을 종이에 몇 번이고 써 내려갔다.

시원한 에어컨 바람을 맞으면서 라테를 마시고 부드러운 종이 위에 정성껏 손을 놀렸다. 글을 쓰는 데 집중하자 머릿속 잡념이 붓을 따라 쓸려 내려가는 듯했다. 캘리그라피 수업을 마친 후 집에 가는 길은 여느 때보다 상쾌했다. 주말에 몇 시간을 내어 취미 활동을 한다는 것에 내심 만족했다.

캘리그라피 강좌가 끝난 후 공백이 길면 괴로울 것 같아 이번에는 수채화 수업을 등록했다. 여행지 사진을 보고 그대로 그리는 수업이었다. 캘리그라피를 하면서 아름다운 문장으로 퍽퍽한 마음을 달랠 수 있었다면 수채화를 그리면서는 맑은 색깔로 텁텁한 마음을 씻어낼 수 있었다. 고운 색이 도화지를 물들이는 것 자체가 즐거웠다. 아름다운 풍경들이 내 손끝을 타고 새롭게 표현되었다. 그림 실력이 썩 마음에 들지는 않았지만 하나의 작품을 완성한 것, 맑은 색깔로 가득 채운 것만큼은 만족스러웠다.

그러나 수채화 수업 역시 금방 끝이 났다. 그 후에는 여행 관련 워크숍을 등록했다. 뭐라도 열심히 하지 않으면 안 될 것 같았다. 얼마의 돈을 써서라도 삶의 공백을 메꿨으면 했다. 어떤 날엔 내가 선택한 취미들이 나를 괴롭히는 벌칙 같기도 했다. 그럼에도 어쩔 수 없었다. 아무것도 하지 못하는 내가 되느니 뭐라도 억지로 하는 내가 낫다고 생각했기 때문이다.

이렇게 무언가를 억지로 하다 보면 금세 지칠 것이 분명하다. 그럼에도 어쩔 도리가 없다. 이렇게 텅 빈 마음을 어떻게 채울지 모르니까 일단 뭐라도 해보는 거다. 동아줄을 잡는 심정으로 말이다. 이번 취미가 그동안의 무기력에서 나를 건져주길 바라면서 말이다.

삼수를
했다

"오늘 수능 끝난 애들은 얼마나 신날까?"

점심시간에 누가 던진 그 말에 나만 동의하지 못했다. 세 번의 수능을 마치고 나오면서 나는 단 한순간도 신난 적이 없었다. 후련하지도 기쁘지도 않았다. 오히려 그 반대였다. 그때의 난, 그 세 번의 난 집에 가는 얼마 되지 않는 시간에 갖가지 죽는 법을 떠올렸다. 자신에 대한 실망을 넘어 파괴하고 싶은 심정이 든 건 처음이었다. 농담처럼 '아, 죽고 싶다. 죽어버릴까'라는 생각은 종종 했지만 명확한 방법과 시간, 장소까지도 고려했던 건 첫 번째 수능을 마치고 집으로 돌아가던 때가 처음이었다.

수능 한파로 날씨도 가혹했다. 열아홉 살 때는 춥고 흐렸고, 스무 살 때는 우중충하고 시렸다. 스물한 살 때는 가장 최근이지만 머릿속에서 지워졌다. 단지 집에 돌아가는 길에 도시락 가방이 무거웠다는 기억만이 어렴풋하다. 집에 오자마자 불도 안 켠 방에 들어가서 누워버렸다. 아무 힘이 없었다. 가채점 답도 뜨지 않았지만 채점할 필요도 없었다. 결과가 너무나 뻔했다. 저녁이 돼서야 가족들이 귀가했다.

"시험 잘 봤어?"

"……망쳤어."

"그럴 줄 알았다."

엄마와 짧은 대화를 마치고 또다시 엎드려 엉엉 울었다.

지옥이었다. 그 어디에도 내가 갈 수 있는 곳이 없었다. 학교에서는 수시에 붙은 친구, 수능을 잘 본 친구들이 대학 생활을 준비하는 이야기가 들려왔고 호탕하게 재수를 결심한 친구, 유학을 간다는 친구, 원래 대학에 들어갈 생각이 없어 신나게 놀 계획이라는 친구 들이 왁자하게 떠들었다. 나 빼고 모두 수능 다음이 꽤 명확했던 것 같았다.

독서실에서 짐을 뺄 때, 도무지 책들을 버릴 수가 없어 무겁게 싸 들고 집까지 꾸역꾸역 걸어갔다. 춥고 힘들었다. 꼭 앞으로의 내 삶 같았다. 절로 눈물이 흘렀다. 찬바람에 볼이 따가웠다.

재수학원에 가기 전까지는 집도 안식처가 아니었다. 꿈속에선 가시덩굴 안에 걸려 이러지도 저러지도 못하는 내가 괴로워하고 있었다. 엄마 앞에서는 뭘 해도 잔소리를 들었다. 그 시절로는 절대 돌아가고 싶지 않을 정도로 상처받았다. 그때의 난 그걸 감당할 방법도 몰랐고 그럴 만한 능력도 없었다.

새벽같이 일어나 지하철을 타고 학원으로 향할 때, 어색하게 멋을 부린 신입생들이 보일 때면 듣고 있던 음악의 볼륨을 더 크게 키우며 다짐했다. 내년엔 나도 대학생이 되어 있을 거라고. 좋은 대학에서 멋진 대학 생활을 하고 있을 거라고.

그리고 삼수를 했다.

합격한 학교들이 재수씩이나 하고 갈 만한 곳이 아니라고 생각했다. 욕심을 부렸다. '내가 얼마나 노력했는데. 그 긴 시간 나를 죽이면서 견뎠는데. 고작?'이라는 생각이 들었다. 무너진 자존심을 회복할 수가 없었다.

순전히 보상받기 위해서 망가진 채로 삼수를 시작했다. 그 시절을 한마디로 말하면 '죽지 않은 게 용하다'. 삼수 끝에 합격한 학교는 고3 때는 물론 재수 때도 생각지 않던 곳이었다. 신입생 오리엔테이션도 안 간 채 입학을 앞둔 2월, 자다 일어나서 물을 벌컥벌컥 마시며 생각했다.

'내 인생 정말 망했네.'

매일같이 나이를 따졌다. 입학하면 스물둘, 휴학 없이 졸업하면 스물다섯, 바로 취업해도 스물여섯. 아니, 스물여섯 살이면 취업은 할 수 있나?(그때 기업에서 선호하던 여사원의 평균 나이가 스물넷이었다.) 그럼 뭘 하지. 내가 살고 싶은 삶은 이런 게 아니었는데.

인생 최고의 불행을 맛본 채로 스물두 살 대학 신입생이 됐다. 막막한 봄이었다. 잔뜩 들뜬 신입생 사이에서 난 인생 망한 삼수생 언니, 누나였다. 사반수를 해야 하나 진지하게 고민했다. 책꽂이에는 버리지 못한 수험서가 가득했다.

집에서는 엄마가 하는 사소한 말에도 화가 나서 벽을 주먹으로 내리치며 울었다. 수능에 미련을 두는 동안은 노는 것도 사치였다. 학교에서는 이방인으로 살아갔다. 그 어느 곳에도 애정을 주지 않았다. 심지어 나에게조차도. 곧 어디론가 사라져도 이상

하지 않을 것처럼 먼 곳만 빙빙 돌았다.

　오랜 시간 끝에 수능에 대한 미련을 다 떨쳐내고 그제야 나를 돌아봤다. 나를 탐구했고, 공부했다. 내가 좋아하는 것, 잘하는 것을 제대로 찾기 시작했다. 매일을 치열하고 바쁘게 보냈다.

　그러고 나니 삶이 조금씩 나아졌다. 밥 먹을 시간, 잠잘 시간이 부족해도 즐거웠다. 그제야 알았다. 망한 인생이라는 건 없구나. 내가 그렇게 규정했을 뿐 나는 망하지 않았구나. 꽤 열심히 잘 살고 있었구나. 수능, 대학 따위로 절대 나를 재단할 수 없구나.

　삼수를 후회하지 않는다. 다시 한 번 그렇게 해보라고 하면 죽어도 하기 싫지만 적어도 지난 시간을 부정하거나 원망하고 싶지는 않다. 오히려 어린 날의 내가 대견하다. 난 오래 앉아 공부하는 것도 싫고, 시험만을 위한 공부도 싫고, 맹목적으로 외워야 하는 것도 싫어하니까. 그런 사람이 패기 있게 삼수를 했다니.

　수능에 왜 그렇게 목을 맸을까? 좋은 대학에 가는 것만이 자존심을 지키고 삶의 수준을 올리는 유일한 방법은 아닌데. '명문대'에 가지 못하면 그저 낙오자일 뿐이고 평생을 그렇게 살아야 한다고 믿었다. 그리고 난, 당연히 그래야 한다고 생각했다.

　수능이 아득해진 어른이 된 지금에서야 말해본다. 한때 나를 죽이며 버텨온 그 긴 시간은 결국 내일의 내가 되었다고.

나 는
실 패 자 다

삶을 되돌아봤을 때,
성공보다 실패의 순간이 먼저 떠오르는 것을 보면,
나 스스로를
성공하기 어려운 사람이라고 평가하는 것을 보면,

나는 분명 실패자다.

잠이 오지 않는 밤이면
지난 실패에 대한 좌절과 후회가

파도처럼 밀려오는 것을 보면

나는 분명 실패자다.

모두가 나를 앞서 가는 것 같은데
나만 아직 출발선에서 발을 떼지 못한 것을 보면,

틀림없이 나는 실패자다.

우리는 살면서 많은 실패와 마주한다.
그리고 몇 번이나 실패자가 된다.
그때마다 좌절이 꼬리에 붙어 나타난다.

탈락, 낙방, 이별.

실패와 닮은 단어들이다.
이것들과 마주하면 생각한다.

'꼭 성공해서 이전의 실패를 만회해야지.'

실패는 성공의 어머니라든가
더욱 단단해지기 위한 발판이라는 말은
그다지 위로가 되지 않는다.
모두 언젠가 다가올 성공을 기약하며
다짐하는 말이기 때문이다.

결국 실패는 지워져야 할
딛고 일어서야 할
대상일 뿐이다.

어느 순간 이런 생각이 들었다.

실패는 잘못된 것일까?
정말 일을 그르친 것일까?
꼭 후퇴를 의미하는 것일까?
왜 성공적인 실패는 아무도 이야기하지 않을까?

'여태껏 달려왔으니까 좀 쉬어.'
'무릎 안 까졌나 보고 뛰어라.'
'숨차면 그냥 걷든가.'

어쩌면
인생의 일시정지
뜻밖의 휴식일지도...

어쩌면 실패는
인생의 일시정지,
뜻밖의 휴식일지도 모른다.

실패를 반갑게 맞이하기로 했다.
덕분에 좀 쉬게 되었다고.
안 그래도 어려웠는데
이참에 다시 시작해보겠다고.

그러니까, 나는
앞으로도 실패자가 되기로 했다.

그리고 성공과 실패에
너무 많은 의미를 부여하지 않기로 했다.
지금 나를 만든 팔 할은 실패일지도 모른다.
그런 나는 지금의 내가 마음에 든다.

겨울이 되면
마음도 시리다

　계절을 탄다. 내 마음속 깊은 곳까지 찬바람이 들었는지 무기력하고 우울했다. 몸과 마음이 움츠러드는 초겨울과 초봄이 항상 그랬다. 하루 종일 기운이 없고 피곤했다. 마음 같아서는 아무것도, 아무 생각도 하지 않은 채 하루 종일 잠만 자고 싶었다.

　단순히 계절을 타는 줄 알았는데 이러한 증상이 계절성 우울증이란다.

　　계절성정동장애 또는 SAD. 계절의 흐름에 따른 우울증의
　　일종으로 일조량이 줄어드는 겨울철에 가장 많이 나타난다.

가을과 겨울에 심한 우울 증상과 무기력증이 나타나다가 일
조량이 높아지는 봄과 여름이 되면 저절로 회복된다. 봄과 여
름에 우울 증상이 나타나는 경우도 있다.

계절성 우울증은 일반 우울증과 다른 점이 있다. 일반 우울증
이 무기력과 함께 불면증, 식욕 저하를 동반한다면 계절성 우울
증은 무기력과 함께 과수면, 왕성한 식욕이 찾아온다는 것이다.

어쩐지 요즘의 나는 하루 종일 졸리고 배고팠다. 집에 들어온
후에는 허겁지겁 밥을 두 그릇 먹고 바로 누워서 쉬었다.

책도 읽고 글도 써야 하는데, 화장품이랑 옷도 사려 했는데,
드라마 재방송 보려 했는데, 할 게 이렇게나 많은데…… 어느 것
도 시도하지 못한 채 잔뜩 미뤄두기만 했다.

기계적으로 억지로 하루를 보내다 스스로 이를 깨닫고 나서는
밑도 끝도 없이 예민해졌다.

어느 날은 문득 아침에 골라 신었던 양말이 마음에 들지 않아
벗어던지고 싶은 생각이 들었다. 맥락 없고 근본 없는 짜증의 연
속이었다. 내가 하루를 사는 게 아니라 하루가 나를 사는 기분이
들었다.

'그래, 뭐라도 하자. 내가 좋아하는 것.'

같은 노래를 하루 종일 들었다. 점심 식사로 지겹도록 돈까스를 먹었다. 커피를 수도 없이 들이켰다. 쿠키와 장난을 치며 방에서 뒹굴었다. 즐겨 보던 드라마를 다시 정주행했다.

　그렇게 하루를 보냈다. 무기력과 우울을 사소한 일상으로 채워나갔다. 그제서야 일조량이 부족해서 생기는 우울에 크게 휘둘린 내 자신이 바보 같다는 생각이 들었다. 햇볕을 더 쬐고 비타민D를 챙겨 먹으면 될 일인데 말이다.

　앞으로는 '계절을 탄다'는 이유로 괜한 감정을 소모하지 않기로 했다. 사소한 일상으로 소중한 하루를 꼭 붙잡기로 했다.

조금 더
가볍게

그동안 나를 짓눌러왔던 무거운 것들을 덜어냈다.

무언가를 시작할 때 '이왕 하는 것 열심히, 제대로 해보자'라고
생각했다. 일을 할 때 나와 내가 속한 팀이 맡은 바를 잘 해내고
그러면서도 우수했으면 했다. 그런데 나와 함께하는 사람이 그렇
지 않은 경우가 종종 있다.

"왜 그렇게 열심히 해야 하는지 모르겠어."
"잘하지 못해도 그만 아니야?"

"힘들게 뭐 하러 그래야 해?"

팀으로 좋은 성과를 거두었는데 저런 말을 들은 적이 있다. 김이 빠지다 못해 화가 났다. 모든 일은 혼자 했고 그 사람은 무임승차자였는데 말이다. 예전에는 결과만 좋으면 고생해도 괜찮다고 생각했다. 하지만 혼자 완벽을 추구하면 나만 힘들다는 것을 깨달았다.

타인과 내 열정의 온도는 일치하지 않는다. 누군가 끼얹는 찬물로 미지근한 물이 될 바엔 혼자서라도 팔팔 끓는 편이 낫다. 그래서 '누군가와 함께 완벽하려고 하는 마음'을 덜어냈다.

나는 긍정적이고 낙천적인 성격이다. 그렇다고 항상 발랄하지는 않다. 그런데 간혹 이런 사람들이 있다.

"웃긴 얘기 좀 해봐."
"재밌는 일 없어?"
"넌 항상 즐겁게 살잖아."
"너답지 않게 여린 척해."

그들의 면박에 변명이나 설명을 해야 했다.

"내가 요즘 사는 게……."

"요새 좀 우울해서……."

"삶이 팍팍하네……."

문득 생각했다. 내가 왜 즐거워야 하지? 아니, 왜 그런 척해야 하지? 그것도 타의에 의해서. 누군가의 기대에 부응하기 위해 특정 캐릭터를 연기하며 유지했던 '억지스러운 즐거움'을 덜어냈다.

이해심을 강요받은 경우가 적지 않다.

"네가 첫째니까 이해해."

"쟤는 원래 저러니까 이해해줘야지."

"네가 당연히 양보해야지."

강요된 이해심에는 조금도 당위성이 없었다. 그저 관습이거나 심지어 이유가 없을 때도 있었다. 납득할 수 없는 이유를 대며 이해를 강요하는 것이다. '제가 왜요?'라고 물으면 나만 나쁜 사람이 된다. 내가 먼저 양보하다 보면 '언젠가 나도 이해해주겠지라는 헛된 생각'을 덜어냈다.

잘하지 못한 것에 대해 '잘할걸. 잘했어야 했는데', 즐겁지 못한 것에 대해 '불행해. 행복해야 하는데', 이해하지 못한 것에 대해 '이해할걸. 너무 이기적이었나?', 죄책감을 가지곤 한다.

다른 사람을 이해하고 억지로 즐거운 척하며 좋은 성과를 내겠다고 혼자 발버둥 칠 필요는 없다. 노력하지 않는 누군가를 위해 내가 노력해야 할 이유는 없다. 잘하지 않아도 즐겁지 않아도 이해하지 않아도 괜찮다. 그런 말을 해주는 사람이 없어도 괜찮다. 다른 사람 때문에 내가 무거워질 이유는 없다.

그래서 죄책감도 덜어냈다.

피아니스트 겸 칼럼니스트 김주영의 클래식 안내서
"아는 음악도 새롭게 들린다!"

국내 1호 러시아 음악 유학생으로 국립 모스크바 국립음악원에서 연주 박사 과정을 졸업한 피아니스트이자 클래식 해설가 김주영의 클래식 교양서. 1월부터 12월까지 열두 개의 파트로 나눠져 있어 계절의 변화에 따라 달라지는 여러 가지 상황에 어울리는 음악 이야기를 풀어간다. 깊고 풍성한 클래식 감상을 위한 흥미로운 책이다.

클래식 수업
김주영 지음 | 값 18,000원

1950년 2000년까지
모던 팝을 이끈 결정적 순간들!

영국 밴드 세인트 에티엔의 멤버이자 12년 넘게 음악평론가로 활동 중인 저자 밥 스탠리의 책으로 빌 헤일리 앤 더 코메츠의 〈Rock around the Clock〉(1954)부터 비욘세의 첫 솔로 메가 히트곡인 〈Crazy in Love〉(2003)까지 팝과 관련된 모든 것을 관통하며 그 역사를 추적하고 있는 책.

모던 팝 스토리
밥 스탠리 지음 | 배순탁 외 옮김 | 값 32,000원

필요할지 모를 순간을 대비해
가방을 잔뜩 채워 다녔다.

필기구로 가득한 필통,
복습을 위해 챙긴 전공책,
등하굣길에 읽으려고 빌린 심리학책,
두툼한 노트와 사이즈별 포스트잇까지.

무언가 필요한 순간
결핍된 상황을 견디지 못했다.

정작 다른 것으로 대체할 생각은 못한 채
삶의 무게만 더해갔다.

내가 만든 삶의 무게

어 떤
간 절 함

주말이면 반 시체처럼 잠자기 바빴던 내가 일찍 눈이 떠진 날이 있다. 평소라면 '에잇, 더 자자' 싶어서 도로 이불을 뒤집어쓰고 잠을 청했을 텐데 그날따라 벌떡 자리를 박차고 일어났다.

시원한 거실 바닥에 벌러덩 드러누워 텔레비전을 켰다. 영화나 볼까 해서 너부러진 채로 목록을 하나하나 뒤적였다.

'아직 아침이니까 보다가 잠들어도 괜찮을 잔잔한 영화
나 봐야겠다.'

화면에 간략하게 나오는 줄거리를 보고 포스터가 낯익은 일본 영화 〈앙: 단팥 인생 이야기〉를 재생했다.

분홍빛 벚꽃과 함께 잔잔하게 시작된 영화. 주인공은 전체적인 색감과는 어쩐지 어울리지 않는 냉담하고 무기력한 도라야키 가게 주인 센타로와 그의 가게에서 아르바이트를 하고 싶다는 도쿠에 할머니. 센타로가 몇 번이나 거절했지만 도쿠에 할머니는 자신이 만든 팥소를 가져와 맛을 보여주고 마침내 센타로의 가게에서 일을 시작하게 된다. 할머니가 들어온 이후 무심하게 도라야키를 굽던 센타로와 조용하던 가게에는 작은 변화들이 일어난다.

도라야키를 만드는 것이 소원이었다는 도쿠에 할머니는 가게 주인인 센타로보다 먼저 출근해 이른 새벽부터 정성스레 팥을 씻고, 냄비에서 팔팔 끓이면서 팥과 대화를 나눈다. 단팥은 마음으로 만드는 것이라면서. 그녀에게 팥소를 만드는 일은 돈벌이나 생계를 위한 수단이 아닌 죽기 전 마지막으로 이루고 싶은 작은 꿈이었다.

맛있어진 팥소 덕분에 가게는 손님들로 넘치게 된다. 유명세에 끌려 가게에 들른 손님들은 도쿠에 할머니에게 마음을 위로받기도 한다. 그러던 어느 날 그녀에 대한 소문이 동네에 퍼져 한순간

손님이 뚝 끊기고 할머니는 센타로에게 긴 편지를 남긴 채 가게를 떠난다. 센타로는 할머니에게서 배운 대로 삶의 간절함을 이루고 행복해지기 위해 앞으로 나아간다.

영화가 끝날 때쯤 생각했다. 나는 얼마나 간절한 사람이었나. 어떤 것을 간절히 바랐으며 그것을 얻기 위해 노력해왔을까. 도쿠에 할머니처럼 어떠한 상황에서도 꼭 하고 싶었던 일을 찾은 적이 있었던가.

눈물이 쏟아졌다. 일에서 느끼는 만족이 사라져 사소한 즐거움, 무언가에 대한 간절한 마음이 사라진 지 오래였다. 그런 나에게 정말 오랜만에 '난 무엇을 하고 싶었지'라고 물었다. 그 질문을 하면서 울었고, 답을 찾을 수 없어서 또 한 번 울었다.

영화에서 도쿠에 할머니는 말했다.

"우리는 이 세상을 보기 위해서, 세상을 듣기 위해서 태어났어. 그러니까 특별한 무언가가 되지 못해도 우리는, 우리 각자는 살아갈 의미가 있는 존재야."

그래, 특별하지 않아도 괜찮다. 지금 내가 하고 싶은 사소한 일을 찾자. 스스로에게 물었다. 무얼 하고 싶으냐고. 뭘 할 수 있겠냐고. 순간 뜨거운 커피가 생각났다. 오랜만에 원두를 갈고, 정성껏 커피를 내려 두 잔을 연거푸 마셨다. 그리고 세수를 해 얼굴의 짠기를 닦아냈다.

장기간의 해외여행도, 스펙을 쌓기 위한 공부도, 다른 사람에게 뒤처지지 않기 위한 발버둥도 아닌 지금 당장 간절한 무언가를 시도했다. 거기서 작은 성취감과 만족감을 얻어본다. 오늘의 간절함이 나중에 비로소 큰 꿈이나 바람으로 성장할 수 있도록. 아주 작고, 너무나 사소하고, 일상과 다를 바 없지만 그런 간절함으로 주말을 보낸다.

카페인이 들지 않는다.

에스프레소를 마셔도,

핫식스를 두 캔이나 마셔도 배만 부른 기분.

오늘은 약국에 가서

"잠 안 오는 약이 있나요?"

하고 은밀하게 물어보고

자양강장제 세 개를 만 원에 사왔다.

한 번에 다 먹고 책상에 앉았는데

어느 순간 너무 졸려서 엎드려 잠깐 졸았다.

흐릿한 의식 저편에서

'약사 아저씨가 날 속였어' 라는 생각을 하다

자고 있다는 생각에 눈을 번쩍 떴다.

아무것도 소용없다.

스누피 우유는 배만 부르고

레드불은 그저 맛있을 뿐.

문득 3일 밤을 새고도

노래방에서 실컷 놀 수 있었던

열여덟 살의 내가 그립다.

카페인도 들지 않는 나이

나의
자유 의지

아침에 눈을 뜨는 것, 남들 다 하는 식사 시간에 숟가락을 드는 것, 저물어가는 하루에 맞춰 눈을 감는 것. 당연한 시간이 새삼 무거워 놓아버리고 싶을 때가 있다.

자야 할 때 잠이 오지 않고, 깨어 있어야 할 때 미루었던 잠이 쏟아진다. 일정한 규칙마저 잃어버리면 정말이지 아무것도 하고 싶지 않다. 이런 날이면 쓸모없고 낭비할 수 있는 일에 모든 것을 쏟아낸다.

오늘의 시간 낭비는 게임. 주로 하는 게임은 '심즈3'다. 이 게임은 심이라는 캐릭터를 만들어 직장도 구하고 돈도 벌고 공부도 하고 연애도 하는 라이프 시뮬레이션으로 내가 플레이 하는 심들은 내 마음과 반대로 무척이나 바쁘게 살아간다.

일벌레 특성을 가진 심은 하루빨리 승진하기 위해 집에서도 초과 근무를 한다. 글쓰기를 좋아하는 심은 틈만 나면 노트북을 켜고 하루 종일 글만 쓴다. 기타 연주가 특성인 심은 출근 시간이 30분이나 지났는데도 집에서 기타를 치며 놀고, 요리를 좋아하는 심은 만사 제쳐놓고 요리책 앞에서 떨어질 줄을 모른다.

저마다의 이유로 바쁘게 사는 심들과 대조적으로 나는 플레이어로서 심들에게 멋진 집을 지어줄 마음도, 캐릭터를 열심히 키워서 가족의 대를 이어줄 생각도 없다.

한편으로는 무언가에 열중하는 심들을 보며 안도감을 느낀다. 하던 일을 다 마쳤을 때, 심들은 아무것도 하지 않은 채로 머무르지 않는다. 프로그래밍된 '자유 의지'대로 기르던 작물에 물을 주고 저녁 식사를 차리고 이웃과 긴 전화통화를 한다. 심즈의 자유 의지는 '무엇이라도 하는 것'인가 보다.

나에겐 심처럼 꼭 무언가를 해야 하는 자유 의지가 없다. 아무것도 하고 싶지 않은 날이 없다는 것, 다시 말해 어떤 날이든 무엇이라도 꼭 하면서 살아야 하는 것은 심즈와 같은 삶을 살 때나

가능할 것이다. 치트키만으로 돈을 벌 수 있다거나 클릭 한 번으로 체력을 회복할 수 있을 때 말이다.

오늘 밤도, 잠이 오지 않아 지루한 나의 시간을 심즈로 버텨내고 있다. 아무것도 하고 싶지 않은 나 대신 심들을 통해 수많은 일을 하면서.

안
열심

버릇처럼 되뇌는 말이 있다. 지금 이 글을 쓰기 위해 노트북을 켜는 순간에도 머릿속으로 외치는 말.

'열심히 해야지.'

늘 무엇이든 열심히 하는 편이다. 타고난 낙천주의와 게으름이 가끔은 의아할 정도로.

다른 사람의 시선은 잘 모르겠지만 스스로 부끄럽지 않을 만큼 열심히 살아왔다. 정확히는 열심히 사는 것을 좋아했다.

친한 친구들 역시 죄다 불꽃처럼 열정적으로 살고 있다. 목표를 향해 의심 없이 직진하는 사람들이다. 오랜만에 만나면 얼마나 열심히 살았는지 앞다투어 이야기하곤 했다. 그동안 어떤 도전을 했는지, 앞으로는 어떤 시도를 해볼 것인지 서로의 이야기를 들으며 또다시 열심히 살자고 다짐했다.

그만큼 열심히 살지 않는 사람들을 이해하지 못했다. 그래서였을까. 나보다 덜 열심인 것 같은 사람들에게 기운을 불어넣어 주는 것을 숙명처럼 여기면서 살았다.

중학교 때는 매번 숙제를 해오지 않는 짝꿍이 답답해서 부탁도 하지 않은 숙제를 보여주며 베껴 쓰기를 강요했다. 대학생 때는 조별 과제에서 만점을 받기 위해 설렁설렁 자료를 찾는 동기를 어르고 달래고 들들 볶기도 했다. 그러다 보니 나를 이해하지 못하는 친구와는 꼭 마찰이 생겼다. 그런 친구와는 관계가 평행선을 달릴 것을 본능적으로 깨닫고 자연스레 소원해졌다.

'열심히 하는 나', '기어코 해내는 나'가 좋았다. 굳이 하지 않아도 될 일을 벌이는 힘은 아마 여기서 비롯했을 것이다. 결코 한 가지에만 몰두하지 않았고 작은 성취에 만족하지 않았다. 스스로 '열심'이 부족했다고 느낄 때면 또 다른 '열심'을 끌고 와 나를 몇 번이고, 몇 배로 혹사시켰다. 그리고 만족했다.

　　'난, 오늘도 열심히 살았어.'

　'열심' 이후엔 응당한 보상이 주어졌다. 평판, 칭찬, 점수, 등수 등. 정량적이건 정성적이건 '좋은 결과' 카테고리에 속할 만한 것들이었다.

　스무살 중반까지는 그랬다. 선생님, 교수님, 친구들, 부모님, 친척들. 나는 칭찬받아 마땅했다. 그렇지 않은 상황도 분명 있었지만(많았지만), 그럴 때면 나의 노력으로 머지 않아 상쇄시킬 수 있었다.

　자기 합리화는 쉬웠다. 그러나 더 이상 이런 '자기 암시'가 먹히지 않기 시작했다. 취업 후 2년 뒤의 일이다.

　'열심'만으론 부족했다. 그동안 쌓인 경험대로 열심히 하기만 하면 만족감이 따라오던 시절과 다름을 매일 피부로 느꼈지만 우선은 바보같이 더 열심히 해야겠다고 생각했다.

　더, 더, 더, 더!
　노력하란 말이야!

스스로를 다그쳤다. 하지만 크게 달라질 게 없는 하루들의 연속이었다. 학창시절과 달리 대가가 사라진 열심은 기어코 나를 덮쳤다.

번 아웃.
지쳤다.

매일 아침, 출근길에, 양치를 하다가, 커피를 벌컥벌컥 마시면서 한때 마법의 주문이었던 '열심히 해야지'를 읊으며 스스로를 다그쳤지만 소용없었다.

'이 이상 더 열심히 할 수는 없어.'

그게 내 결론이었다. 내가 가진 열심을 모두 소진해버린 것 같다. 끝도 없는 무력이 중력처럼 나를 잡아당겼다.
즐거움, 슬픔, 힘듦, 괴로움 그 무엇도 명확히 정의하지 못한 채로 아무것도 할 수 없는 상태가 되었다. 존재에 대해 끊임없이 생각했다.

'나는 왜 살고 있지.'

'어째서 태어난 것일까.'

'지금 뭘 하고 있는 거지.'

어쩌면 평생 답을 할 수 없을 질문을 던지며 스스로를 족쳤다. 뭔가를 할 수 없는 내 자신에 실망했다. 그동안 내가 정의하고 다짐하고 자부하며 그려온 '나'라는 존재가 너무 쉽게 지워지고 있었다. 불안한 날들의 연속이었다.

취미, 덕질, 한때 내게 큰 즐거움을 줬던 것들이 더 이상 유효하지 않음을 깨달았을 때 '아, 큰일이군' 싶었다. 아무렇게나 흘려보낸 시간을 떠올릴 때면 잠이 오질 않았다. 그렇게 뒤숭숭한 생각으로 밤을 새면 다음 날은 당연히 피곤했다. 악순환이었다.

그러다 문득 생각했다.

'왜 열심히 살아야 돼?'

그러게. 왜 열심히 살아야 해? 문득 무심한 목소리로 내 숙제를 억지로 베끼며 '넌 왜 그렇게 열심이야?'라고 물었던 짝꿍의 목소리가 귓가에 울렸다. 중2의 난 이렇게 답했다.

'열심히, 최선을 다해야 후회가 없지.'

겨우, 어쩌면 고작 15년 살았던 과거의 난 그렇게 생각했다. 후회하지 않기 위해서 열심히 한다고.

지금의 나에게 다시 물어본다.

'왜 열심히 살아야 돼? 후회하지 않기 위해서?'

여전히 명확한 답을 내리지 못했다. 아마 평생 그 답을 찾기 위해 살아갈 것이다. 그러나 마음속에서는 이미 이렇게 결론내렸다. 아무렴, 뭐 어때. 사람이 매사, 매번 열심히 살 수는 없다.

처음으로 인정했다. 열심히 살지 않는 나. 그건 문제가 있는, 고쳐야 하는, 다시 열심이어야 하는 내가 아니다. 그것도 그냥 나다.

일단 오늘은, 아마 내일도, 어쩌면 이번 달까지는 열심히 살고 싶지 않다. 그렇게 생각하니 한결 편하다. 달라지는 것은 없겠지만 적어도 '열심히'라는 말로 나를 족칠 필요는 없어졌으니 말이다.

연말을
맞았다

연말을 맞았다.

길다면 길고 짧다면 짧을 한 해도

얼마 남지 않았다.

12월의 거리는 빛났다.

즐거움으로 분주했다.

그 속에서 마음이 붕 떴다.

다가오는 연말이 설레기도 하면서

저물어가는 한 해가 아쉽기도 해서

기분이 이상했다.

더 많은 사람들에게 연락했다.

올해가 가기 전에 보자며.

더 많은 여가 활동을 했다.

올해가 가기 전에 한다며.

연말 그 특유의 분주함 속에 있었다.

그런데 이상하게 더 외로웠다.

즐거운 시간을 보내고 돌아가는 길에 꼭 그랬다.

어떤 날은 거리의 산란한 불빛이 눈에 맺혔다.

말로 설명 못할 허무함과 공허함이

마음을 가득 채웠다.

한 것 없이 일 년이 지나간 기분.

그런데 꼭 나만 그런 것 같은 기분.

'나만 홀로 일 년 내내 제자리걸음을 걸었구나.'

저물어가는 한 해를 소리 없이 보내며

얼마 남지 않은 새벽을 맞이했다.

그러다 우연히 연말 우울증에 대한 영상을 봤다.
12월 31일이면 자살을 시도하는 사람들이
다른 때보다 유독 많다고 한다.
정신과 의사 선생님은 그 이유를 이렇게 설명했다.

"끝이라는 생각 때문이에요."

어떤 끝을 맞이하게 되면
좋았던 일, 잘했던 일보다
안 좋았던 일, 슬픈 일들이
더 크게 떠오르기 때문이라고.

봄에 좋은 일이 있었는데
가을에 안 좋은 일이 있었던 사람과
봄에 안 좋은 일이 있었는데
가을에 좋은 일이 있었던 사람을 비교해보면
더 불행하다 느끼는 사람은 전자라고 한다.

나는 잊고 있었다.
분명 좋은 일도 많았는데

최근의 나를 힘들게 한 안 좋은 기억들만
꾸역꾸역 찾아내 열심히 곱씹었다.

끝도 시작도 달력에만 있을 뿐이다.
그러니까 그것들은 그저
달력 속 숫자에 불과했다.
열두 달 동안 무얼 했는지 억지로 찾을 필요도 없었다.

덤덤히 받아들이고 싶다.
다가오는 시간을.
너무 거창하게 생각하지 않기로 했다.
그동안 잘 버텨왔고
앞으로도 그럴 테니.
딱 거기까지만 생각하기로 했다.

'끝'이라는 생각 때문에...

PART 4

그러니까, 나는
안녕하다

어제보다 더 나은,
아니 어쩌면 더 나을 필요가 없더라도
나는 나와 비교하기로 했다.

서로의 속도를 비교하지 않고
서로의 방향을 강요하지 않으며
반복되는 일상에 허무를 느끼고
혼자 뒤처진 것 같아 답답해도

그래도 괜찮다.
나는 그 자체로 안녕하다.

불안했고 혼란스러웠고 방황했지만
나의 속도에 맞춰
나의 방향에 따라
걸어가고 있으니까
그 자체로 안녕하다.

게으른
휴식

"취업은 때 되면 할 테니 잔소리만 하지 말아주세요."

대학교 4학년 여름방학, 부모님께 선전포고를 했다. 취업 준비를 본격적으로 시작해야 할 중요한 시기에 자격증 준비, 대외활동, 영어 공부 따위는 화끈하게 놓아버리기로 결심한 것이다.

대학생활 내내 나의 하루는 빡빡했다. 동갑내기 친구들이 먼저 간 2년을 따라가려면 아직 멀었다는 생각에 마음이 급했다. 스스로 안심하기 위해 더 많은 일을 했다. 머릿속엔 늘 해야 할 일들이 넘쳐났다. 분명 처음 시작은 '내가 하고 싶은 일'이었는데, 어느 순간부터 '그냥 해야 하는 일', '실패하지 않기 위해 해야 하는 일', '남들처럼 살기 위해 해야 하는 일'을 하고 있었다.

쉬고 싶었다. 휴학을 할까 했지만 졸업 시기가 늦어지는 것이 두려워 마음을 접었다. 쉬면서 하고 싶은 것이 없었다는 이유도 있었지만 핑계였다. 실은 뒤처질까 두려웠던 마음이 더 컸다. 그럼에도 나에겐 절실하게 휴식이 필요했다. 그래서 단 두 달, 정말 아무것도 하지 않고 쉬었다.

불규칙하게 잠들고 일어났다. 씻지도 않고 집에 머무는 날이 외출하는 날보다 많았다. 밤 새워 게임을 하고, 재미없는 영화를 끝까지 보기도 했다. 누군가 내게 "뭐 하고 지내?"라고 물으면 "그냥. 별거 안 하고 지내."라고 대답할 법한 하루하루를 살았다.

아르바이트, 봉사활동, 공모전은 물론 학교에서 진행하는 크고 작은 대회에 학보사 활동까지. 대학 생활 3년 반 동안 쉴 틈 없이 나를 몰아붙인 시간을 뒤로한 채 게으른 시간을 보냈다. 더 이상 꼭 해야 할 일은 없었다. 하고 싶은 일이 생기면 그제야 몸을 일으켰다. 남은 삶도 이렇게 살면 참 좋겠지만 그럴 수 없다는 것을 알기에 더욱 더 격렬하게 게으른 날들을 보냈다.

누구에게나 쉼 없이 박차를 가했던 속도를 늦추고 싶은 순간, 잡고 있는 모든 것을 놓아버리고 싶은 순간을 마주할 때가 분명 있다. 이런 순간이면 누구든 전전긍긍하기 마련이다.

'이렇게 뒤처지면 안 되는데, 해야 할 일이 많은데.'

하지만 긴 인생에 비춰보면 이 시기는 아주 작은 점에 불과할지도 모른다. 어쩌면 시간에 쫓겨, 삶에 쫓겨 휴식을 가지는 것에만 게을렀는지도 모른다.

회사원이 된 지금도 가능하다면 해야 할 일을 미룰 수 있는 한 미뤄본다. 유유히 흘려보내는 시간과도 마주해본다. 어떻게 살아야 게으르게 사는 것인지도 연구해본다. 열심히 살아왔던 만큼 그렇지 않은 삶에 대해서도 생각해본다. 그렇게 의식적으로 게으른 하루를 보낸다.

우리 모두 가끔은 게으른 휴식이 필요하다.

꺼내 먹을
순간들

여행은 아주 흐릿하게 계획하는 순간부터 즐거움을 선사한다. 낯선 곳으로 향할 비행기 티켓을 끊고, 여행 기간 나만의 공간이 되어줄 숙소를 찾고, 구글 맵으로 숙소 근처를 둘러보며 그곳을 거닐 내 모습을 상상하는 것. 그것만으로도 엄청난 두근거림을 선사한다.

지난 황금연휴에 프랑스 파리에 다녀왔다. 엄마와 함께한 첫 유럽 여행이었다. 출발 전부터 기대로 가득했다. 엄마의 비행기 티켓 영어 이름이 여권 이름과 다르게 들어가는 큰 사고를 친 것만 빼면 꽤 꼼꼼히 준비했다.

우여곡절 끝에 파리행 비행기에 올랐다. 장시간 비행은 처음이었다. 열 몇 시간의 비행이 힘들면 어쩌나 고민했는데, 기내식을 깨끗이 비우고 쉴 새 없이 간식을 먹다 보니 그런 생각은 온데 간 데 없이 사라졌다.

긴 비행 끝에 도착한 파리에는 낭만 대신 무거운 캐리어가 기다리고 있었다. 낑낑대며 버스를 타고 미리 예약해둔 숙소로 향했다. 나와 집주인 둘 다 영어 실력이 뛰어나지 않았지만 꼭 필요한 의사소통을 하는 데는 문제가 없었다.

숙소에 들어와 창문을 활짝 열고 밖을 보니 멀리 에펠탑이 선명했다.

'아, 드디어 내가 파리에 왔구나.'

그제야 파리를 실감했다. 본격적으로 시작된 여행 일정은 빡빡했다. 파리 여행에서 빼놓을 수 없는 박물관을 하루에 세 개씩 돌고 루브르 박물관은 야간 개장하는 날에 가서 폐장할 때까지 관람했다.

들고 갔던 여행책에 나온 관광지를 클리어하듯 거의 다 돌아봤다. 카메라 안에는 몇 천 장이 넘는 사진이 쌓여갔다. 하루에

3만 보 이상 걸으며 쉴 새 없이 눈으로, 사진으로 풍경 하나하나를 가득 담았다.

일주일간의 짧은 여행을 마치고 인천으로 향하는 비행기에 올랐을 때도 여전히 파리에 대한 두근거림으로 가슴이 부풀었다. 이렇게 금방 돌아가는 것이 너무도 아쉬웠지만 그보다 엄마와 여행하며 켜켜이 쌓인 즐거움이 더 커 생각만 해도 웃음이 실실 나왔다.

> "엄마, 사람들이 왜 파리를 동경하고 사랑하는지 알 것
> 같아."

겨우 한 번 다녀와서는 몇 날을, 비밀이지만 실은 지금까지도 파리 앓이 중이다.

낯선 곳에서 철저한 이방인이자 여행객으로 보낸 일주일은 현실에 찌든 내게 꺼내 먹고 싶은 순간이 되었다. 늦은 시간까지 야근을 하고 집으로 돌아가는 버스에서, 잠들기 전 헛헛한 마음이 들 때, 길을 걷다 문득, 넘치는 일에 숨이 턱턱 막힐 때면 언제고 여행지에서의 즐거운 순간을 떠올렸다. 여행을 계획했던 그 순간부터 여행을 마치고 공항에서 집에 가는 리무진에 오르기까지의 기억이 꽤나 선명하게 재생된다. 이래서 사람들이 짧게라도 여행

꺼내 먹는
순간들

을 다녀오는구나 싶었다.

궁금했다. 우리는 왜 여행지에서의 기억을 또렷하게 떠올리고 자꾸 꺼내 보고 싶은 추억으로 마음 한 켠에 간직할까? 여행을 가지 않고서도 즐길 수 있는 일이 충분히 많을 텐데 말이다.

글쎄, 아마도 현실에서 더 멀어질수록, 더 오래 분리될수록 그 시간이 언제나 꺼내 먹을 수 있는 추억이 되는 게 아닐까? 내 발목을 붙잡는 괴로운 순간과는 관계 없는 시간은 거리낌 없이 떠올릴 수 있고 팍팍한 현실과 등을 지고 있기 때문에.

일상과 멀어지는 순간을 더 많이 새기고 싶다. 꺼내고 싶은 순간이 많아지면 버거운 하루가 좀 더 가벼워질지도 모른다.

아무도 나를 모르고 나 역시 낯선 공간에서 평소와는 다른 시간을 보내며 내가 어떤 고민을 가졌는지는 잊어버린 채 여행자로서, 이방인으로서 새로운 기억을 담뿍 채우고 싶다.

그래서 나는 오늘도 여행을 계획한다.

스물다섯이라는
나이

단정한 말씨와 우아한 행동.

어른스럽고 세련된 모습.

여러 분야 사람들과 교류하는 능력자.

자기 관리 철저한 인정받는 직장인.

2~3년간 사귄 남자친구와 결혼을 전제로 만나는 중.

어린 시절 그렸던 나의 20대 중반.

지금 보면 손발이 오그라들지만

당시에는 꽤나 진지하고 구체적으로 생각했다.

막연하게 스물다섯 살이 되면
무언가를 해낸 어른이 되었을 거라고 생각했다.
나에게 스물다섯은 무언가를 성취하기 위한
마감일이었다.

대학에 입학한 뒤 시작된 불안함과 압박감은
스물다섯을 꼭 한 살 남겨둔
스물네 살 때 정점을 찍었다.

왜 하필 스물다섯이었을까.
내 인생이 그때 좋 나는 것도 아닌데.
스물일곱도, 스물아홉도 아닌 왜 하필 스물다섯이지?

어느 날 문득 떠올랐다.
"여자 나이 스물다섯이면 꺾여."
미디어에서는 여자 나이가 크리스마스와 같다느니
가장 예쁜 나이는 스물세 살이라느니 하며
나이로 코르셋을 조이는 헛소리를 마구 떠들어댔다.
그것이 사실인양 뉴스로 나오고
SNS와 커뮤니티에 퍼 날라지는 것은 기본.

여자의 삶과 사회적 도전을 나이로 한정 짓고 제한하는
각종 '이론'과 '경험담'이 난무하던 때였다.

깜짝 놀랐다.
당시 나는 욕을 하며 그 말을 넘겨들었다.
그런데도 무의식 깊숙한 곳에
그 문장을 저장해두고 있었다.
"너 곧 스물다섯 살이네."라며
기분 나쁜 눈빛으로 지껄인 사람들을 무시하며
마음속에서 지워나갔던 문장.
스물다섯이라는 나이가
내 삶을 쥐고 흔들었던 것이다.

무한한 가능성과 오래도록 짊어진 야망을 밟아버리는
'스물다섯'의 저주를 벗어버린 순간.
온 마음이 가뿐했다.
그동안 20대 이후로 상상하지 못했던
30, 40대의 내 모습 역시
어떤 장애물이나 한계 없이 꿈꾸고 상상할 수 있었다.

나는 서른 살에 개발 공부를 시작해

멋진 개발자가 될지도 모른다.

마흔 살에 여행기를 쓰겠다며

배낭을 메고 전 세계를 누빌지도 모른다.

20대 중반을 지나는 나를 다시 써본다.

가장 편안하고 가장 나다운 모습.

인간관계는 휘둘리기 싫어 정리한 지 오래.

회사를 열심히 다니는 직장인.

자기 관리는 나 좋을 대로 하며

사랑에 관한 책을 썼지만 연애에는 관심이 없는 상태.

결혼은 모르겠고

마음 가는 대로 살기 위해 노력하는 중.

회사에서 부장님이나 다른 팀이

메일을 보내면

나도 모르게 긴장부터 하게 된다.

'내가 뭘 잘못했나.'

'혹시 또 실수했나.'

이럴 때는 위축되기보다

생각을 바꾸는 지혜가 필요하다.

나의 부족함을 있는 그대로 느끼기.

아무렴. 틀릴 수도 있지.

일부러 틀린 건 아니니까.

다음부터 안 틀리면 되지.

또 틀리면...... 뭐 어때.

내가 하는 실수와 실패에 스스로 관대해질 것.

다 괜찮다.

남들이 뭐라건

적어도 나에겐 그렇다.

나에게 관대해질 것

작은
위안

대학교 마지막 학기, 기말 과제로 소논문을 쓰고 있었다. 하루 전에 몰아서 하려니 영 죽을 맛이었다. 괜히 내가 쓴다고 해가지고. 미리 좀 해둘걸. 구시렁구시렁 욕이 절로 나왔지만 그런다고 작성해야 할 분량이 줄지는 않았다. 날이 밝으면 바로 제출해야하는 과제였기에 더 미룰 수도 없었다. 불평할 시간도 아까운 참이었다.

날은 또 왜 그렇게 추운지. 발목이 시려 발 난로를 켜고 잔뜩 중무장을 했다. 밤샘을 도와줄 커피도 한 사발 준비했다. 키보드를 두드리며 졸린 눈을 억지로 치켜떴다.

아침이 가까워질수록 잠이 쏟아지지만 흩어지는 집중력을 겨우 붙잡고 뻑뻑한 눈으로 모니터를 응시한다. 커피 대신 박카스를 두 병 마셔야 했나. 늘어지게 나오는 하품에 눈물과 콧물이 줄줄 샌다.

배가 고팠지만 라면을 끓여 먹으면 잠들어버릴 게 뻔했다. 뭔가 필요해. 집중력을 붙잡을, 보고서로 번잡한 마음을 다잡을 뭔가가!

그럴 때면 자고 있는 반려견 쿠키의 배에 코를 박는다. 따뜻하고 포근한 느낌에 보고서에 대한 분노는 봄눈 녹듯 사라지고, 단단하게 굳었던 어깨 근육도 나긋하게 풀어진다. 평화, 안정, 편안함. 만족스러운 단어들을 끌어안는다.

'아, 이대로 잠들 수 있다면 얼마나 좋을까.'

쿠키의 발을 산소호흡기처럼 내 코에 갖다 대고 깊은 숨을 들이마신다. 강아지의 발 냄새야말로 국가가 허락한 유일한 마약이다. 꼬실꼬실한 냄새에 머릿속 번잡한 문장들이 제자리를 찾아간다. 책상 앞으로 돌아가기 전 쿠키를 두어 번 더 쓰다듬고 이마에 입을 맞추고 사랑한다고 나직이 속삭인다.

모니터 속 깜빡이는 커서를 바라보며 기지개를 쭉 편다. 쿠키 냄새가 약발을 다하기 전까지 열심히 키보드를 두드린다. 다시금 마음이 복잡해지고 머리를 쥐어뜯고 싶어질 때면 쿠키 옆에 눕는다. 고롱고롱 잠들어 있는 쿠키의 숨소리를 들으며 지친 몸과 마음을 한 번 더 다잡는다.

풀리지 않는 기획안을 붙잡고 있을 때, 정신 차려보니 해야 할 일이 산더미 같을 때, 배부른 저녁을 먹고 돌아온 곳이 집이 아닌 회사일 때면 그때와 마찬가지로 여전히 쿠키의 냄새가 간절하다.

'쿠키랑 같이 출근하면 얼마나 좋을까. 내 자리 옆에 쿠키 자리가 있어서 낮잠도 자고 간식도 먹고 내가 힘들 때 같이 회사 복도에 누워서 뒹굴면 얼마나 좋을까.'

우리 회사에도 반려견 동반 출근데이가 있었으면. 그러면 일이 좀 더 잘 될지도 몰라. 쿠키가 간절한 어느 오후에는 이런 생각도 했다.

'강아지 발 냄새 향수는 왜 없는 거지.'

각자의 반려견 발 냄새를 재현해 나만의 향수를 만들 수 있다면 얼마나 좋을까. 멘탈 붕괴의 순간에 한 번 뿌리고, 아직 밖이라 반려견이 보고 싶을 때 한 번 더 뿌리고.

향수가 없는 대신 쿠키랑 같이 있을 틈만 나면 쿠키의 몸에 얼굴을 비빈다. 축 처지는 몸을 이끌고 집으로 돌아왔을 때, 수면으로는 해소되지 않는 고단함을 겨우 이겨내고 출근할 때도.

아주 사소한 것에서 표현할 수 없을 크기의 위안을 받으며 하루를 마감하고, 하루를 시작한다.

그리움엔
정당성이 없다

    우리 집은 앉은뱅이 밥상에서 식사를 한다. 지금 집으로 이사를 올 때 멋진 6인용 식탁도 함께 들여왔어야 했는데 아직 마음에 쏙 드는 식탁을 찾지 못했다. 그 탓에 1년이 넘도록 전에 쓰던 앉은뱅이 원탁 밥상을 이용 중이다. 주말이면 꽤 큰 밥상을 거실에 꺼내놓고 엄마가 좋아하는 주말 드라마를 틀어놓고 온 가족이 둘러앉아 저녁 식사를 한다.

    "미역 맛있다."

반찬을 준비하느라 가족들이 이미 밥숟가락을 든 지 한참이
지나서야 밥상에 자리한 엄마에게 말을 건넨다. 작은 그릇에 담
긴 미역 초무침이었다. 미역과 황태를 초고추장에 버무린 것이었
는데, 너무 맛있어서 노릇한 고등어구이도 잊은 채 미역을 집어
먹느라 정신이 없었다.

"맛있지? 갑자기 할머니가 해주던 게 생각나서 해봤어."

올해 돌아가신 나의 외할머니, 그러니까 우리 엄마의 엄마. 엄
마는 당신의 엄마를 회상하며 반찬을 만들었다고 했다. 엄마의
대답에 "정말 맛있네!"라고 아무렇지 않은 듯 말하며 밥을 먹었
다. 한 숟갈, 두 숟갈, 어떤 말을 해야 할지 몰라 밥을 마구잡이로
밀어 넣고 있던 그때 엄마 입에선 '아휴' 하는 탄식이 터져 나왔다.

"미리 배워놓을걸. 장 만드는 거랑 반찬 만드는 거랑. 그
때는 또 이렇게 될 줄 몰랐네."

마음이 쑥 내려앉았다. 언젠가 우리 엄마, 나의 엄마가 내 곁
을 떠났을 때 나 역시 엄마가 해주던 반찬이 생각나 그 맛을 따
라 요리를 하는 날이 오겠지. 만들 수나 있을까, 따라 하다 실패

해서 맛없는 반찬을 먹으며 허탈해하는 내 모습이 그려졌다. 순간 눈물이 차올랐다. 고요한 분위기에 아무 말이나 떠들어댔다.

> "미역 진짜 맛있다. 이걸로 밥 세 그릇도 먹을 수 있어.
> 나 미역 좋아하잖아. 미역국도 좋아하고, 초장에 찍어
> 먹는 것도 좋아하고, 오이냉국에 들어간 것도."

늦잠을 자고 엄마가 타준 믹스커피를 마시며 무료하게 텔레비전 채널을 돌리고, 빨래를 널며 수다를 떨다가 저녁밥을 먹으면서 주말 드라마를 보고, 다가오는 월요일을 불평하며 스르륵 잠드는 아무렇지 않은 일상. 결코 사라지지 않으리라 생각했던 시간이 추억이 되고 그리움이 되는 순간이 오겠지.

가까운 미래에 오늘을 그리워하게 될지도 모른다. 혹은 좀 너먼 미래에 오늘을 추억할지도 모른다. 너무 당연해서, 곁에 있어서 소중하지만 굳이 소중하다 생각지 않았던 시간이 벌써 보고 싶어진다.

그리움엔 정당성이 없다. 먼 미래에 도달했을 때만 지난 시간을 떠올리는 것은 아니다. 지금, 여기, 내 곁에 있음에도 벌써부터 간절함을 느끼게 하는 걸로 봐선 아무래도 그렇다.

푸른 잎을
닮아간다

　사무실 책상 위, 초록 친구들이 있다. 수없이 반복되는 회사원의 레퍼토리인 출근-퇴근-집이 지겨워졌을 무렵, 내 책상 위에 자리 잡은 수생 식물들이다. 물이 담긴 화병에 꽂아두면 알아서 쑥쑥 큰다는 말에 혹해서 개운죽과 스킨답서스를 충동적으로 구매했다. 클릭 몇 번으로 결제를 완료한 후, 문득 식물도 인터넷에서 살 수 있다는 것에 놀랐고, 내가 식물을 구매했다는 사실에 또 한 번 놀랐다.

　녹음을 머금고 성장하는 식물들을 무척이나 좋아하지만 내가 직접 키울 생각은 해본 적이 없었다. 식물에 마음을 주고 적절한 양의 물을 주고 필요한 때에 햇볕을 쬐어주는 일이 내게는 그저 번거롭게 느껴졌다.

"괜히 일거리만 느는데, 식물은 왜 키워."

주말 오후 현관 앞에서 화분 속 흙을 다지는 아빠를 보며, 계절 따라 집 안으로 화분을 들였다 내보내는 엄마를 보며 심드렁하게 말하던 나였다.

그래놓고 멋지게 식물을 키워보겠다고 한동안 식물 사진만 찾아봤다. 어떤 화병을 살지 한참을 고민하다 투명한 시험관과 시약병, 삼각플라스크를 잔뜩 샀다. 파릇하게 빛나는 식물들을 투명한 병에 꽂아두면 얼마나 싱그러워 보일까, 한껏 기대에 부풀었다.

개운죽과 스킨답서스는 물이나 흙도 없이 비닐에 포장된 채로 먼 길을 오느라 조금 시들어 보였다. 얼른 포장을 뜯고 시원한 물을 가득 담은 유리병에 꽂아주었다. 하루가 지나고 이틀이 지나자 시들시들했던 잎은 활력을 찾았고 물에 꽂힌 줄기에는 하얀 뿌리가 고개를 내밀었다.

매일 사진을 찍었다. 다른 사람은 눈치채지 못할 정도였지만 나에게는 매일 조금씩 성장하는 것이 보였다. 금요일이면 물을 갈아주고 내가 없는 주말에도 잘 자라주기를 바랐다. 월요일 아침을 머금은 식물들을 볼 때면 아주 약간 월요병이 치유되는 것도 같았다.

나는 아무것도 해준 것 없이 고작 물만 몇 번 갈아줬을 뿐인데 알아서 쑥쑥 크는 게 기특하고 신기하고 대견했다. 물을 갈아줄 때마다 숨죽었던 잎이 생기를 되찾는 모습이 놀라웠다. 가을 방학의 어느 노래 가사처럼 '물을 준 화분처럼 웃어 보인다'는 게 무슨 말인지 알 것 같았다. 여태 당연하다 생각해왔던 사실이 새로운 의미로 다가와서 몇 분 동안 멍하니 푸른 잎을 바라볼 때도 있었다.

> '이래서 사람들이 식물을 키우는구나. 평생 키울 일 없
> 을 거라고 생각했던 일을 그래서, 그렇게 내가 하고 있
> 구나.'

책상 한편에서 아무런 불만 없이 열심히 생장하는 초록 잎들과 하얀 뿌리를 바라보며 생각했다. 나도 스스로에게 새로운 물을 부어주고 관심을 가져주면 단단한 뿌리를 무성하게 내릴 수 있을까? 활기찬 잎을 틔울 수 있을까?

여전히 잘 자라고 있는 식물들을 보며 생각한다.

'너희도 이렇게나 잘 성장하는데, 나도 그래야지. 단단
해질게. 나도.'

그냥
불편해서요

　고등학교 1학년 때 처음으로 긴 머리를 뭉텅 자르고 짧은 머리를 한 적이 있다. 단발도 아니고 긴 머리도 아닌 애매한 길이를 보고 엄마가 한 소리 했다.

　　"너는 머릿발이 있어야 하니까 머리를 길러. 얼굴 작은
　　애들이 단발해야 예쁘다."

　그 뒤로는 계속해서 머리를 길렀다. 상한 끝머리를 조금 잘라내거나 유행에 따라 숱을 좀 더 치는 정도지 대체로 긴 머리를

쭉 유지해왔다.

지난해에 내 생애 가장 긴 길이까지 머리를 길렀다. 거의 허리까지 오는 길이였다. 귀찮아서 고데기를 열심히 하지는 않았지만 매일 머리를 감고 말리는 데만 출근 준비 시간을 절반 넘게 잡아먹었다. 그래도 어쩔 수 없었다. 원래 계속 머리가 길었으니까.

언젠가 머리를 짧게 자르고 싶었지만 단발을 하면 안 어울릴 거라는 주위 사람들의 말에 마음을 고이 접었다.

경추 통증 때문에 병원에 다니기 시작할 무렵부터 머리가 너무나 무거웠다. 풀면 푼 대로, 묶으면 누가 머리를 잡아당기는 기분이 들면서 무거웠다. 알 수 없는 통증에 시달리다가 문득 생각했다.

'머리카락을 잘라야겠다.'

늘 가던 미용실에 갔다. 이곳의 실장님은 '머리 끝이 상했다. 영양을 해라', '파마 잘 안 나온다. 영양을 해라'라는 잔소리를 안 하고 묵묵히 머리를 잘 잘라주셔서 또다시 가게 되었는데 단발로 자르겠다고 하자 실장님이 물어보셨다.

"여태 기른 거 아깝지 않으세요?"

편하게 살기로 했다

"머리카락이 돈도 아닌데 뭐가 아까워요."

실장님은 '그렇다면 OK'라는 눈빛을 보내더니 긴 머리카락을 묶어놓고 쑹덩 잘라냈다.

'단발로 자른 뒤 엄마 말대로 얼굴이 커 보여도, 친구들 말대로 안 예뻐 보여도 상관없어.'

머리카락을 자르는 동안 수없이 마음으로 외쳤다. 머리를 다 자르고 정성껏 고데기로 컬을 넣은 내 모습을 보았다. 얼굴이 커 보이지도 안 예뻐 보이지도 않아. 거울 속엔 그냥 단발을 한 나뿐 이었다. 이 만족스러운 걸 왜 여태 못했을까. 자른 머리카락은 기념으로 받았는데 사진 한 장만 찍고 버리고 왔다. 무언가를 해낸 느낌이 들어 실실 웃으며 미용실을 나왔다.

머리가 한결 가벼웠다. 감고 말리기도 쉬웠고, 빗질도 하지 않은 채 대충 귀 뒤에 꽂으면 그만이었다. 언젠가는 숏컷을 해보기로 마음먹었다. 단발이 이렇다면 숏컷은 더욱 편할 테지.

이후 옷 입는 스타일도 바꿨다. 헐렁한 옷만 입었다. 그동안 딱 붙는 티셔츠는 왜 입었을까. 혈액순환 안 되는 스키니도 집어던 졌다. 티셔츠는 라지나 엑스라지만 샀다. 바지도 각선미를 돋보이게 하는 디자인보다 편하고 아무렇게나 앉고 누울 수 있는 디자인으로 구매했다. 왜 여태 몰랐나 싶을 정도로 너무 좋았다.

민낯으로 살게 된 것, 브래지어로부터 해방된 것은 단발을 하기 훨씬 이전의 일이다. 하지만 긴 머리마저 벗어던지면서 나는 완벽한 내가 되었다. 하루 종일 번들거리는 메이크업도, 숨통을 조이는 브래지어도, 두통을 안겨준 긴 머리도, 온몸을 긴장하게 하는 딱 붙는 티셔츠도 더 이상 없다.

이제는 이전의 나로는 도저히 돌아갈 수 없다. 아무래도 어쩔 수 없다. 역시 편한 게 좋다.

'너답지 않아.'

타인이 기억하는 나와

내가 생각하는 나는

분명한 차이가 있다.

다른 사람들이 매력을 느끼고

쉽게 기억하는 나의 모습은

내가 아니다.

끊임없이 변화하는 이 순간의 나.

오늘의 나는,

지금 가장 나답다

나다운 게 뭔데?

눈을
맞추며

최대한 거울 가까이 붙는다.

코에서 나오는 김이 거울을 흐리지 않을 정도까지.

거울을 본다.

수 분간 눈동자를 마주한다.

눈동자 깊숙이 존재하는

또 다른 세계라도 관찰하는 것처럼

느리고 꼼꼼하게 눈 속을 바라본다.

내가 나를 아끼는 방법 중 하나다.

물이 뚝뚝 흐르는 머리를 수건으로 털자
지푸라기 같은 머리카락이 이마와 볼에 감긴다.
축축한 머리카락을 큰 빗으로 쓱쓱 빗고
가르마를 탄다.
여전히 물기가 마르지 않은 머리를
귀 뒤로 꼽으며 말끔한 얼굴을 거울에 비춰본다.
수분크림을 바르고 립밤을 바르면
출근 준비가 끝난다.

집을 나서기 전,
마지막으로 거울을 한 번 더 본다.
화장대 가까이 붙어 서서
거울 속에 들어갈 기세로 얼굴을 들이민다.
거울 속에 비친 내 눈과 눈을 맞춘다.
아무 말도 하지 않는다.
가끔은 응원의 메시지를 되내기도 한다.

'오늘 하루도 무사히 보내자.'
'누가 뭐래도 기죽지 않는 거야.'

하지만 대체로 말로 전하기보다는
스스로의 눈빛을 보며 마음과 생각을 다잡는다.

우리는 타인과 눈을 맞추며 살아간다.
그렇게 사랑을 이야기하고
믿음을 공유하고 진심을 전한다.
서로를 인정하고 믿는다는 사인.
사랑하는 사람, 기댈 수 있는 사람,
의지가 되는 사람, 함께하고 싶은 사람과는
더욱 더 깊게 눈을 바라본다.

사랑에 공백이 생기면 우리는
누군가 나를 열렬히 사랑해주길 원하며
감정 자체를 갈구한다.

스스로를 사랑하라고 하지만
방법을 모르거나 내 마음 같지 않으면
쉽게 포기해버리고 사랑할 대상을 찾는다.

다른 사람과의 '연애'라는 행위에는 흥미가 없지만

사랑이 주는 충만함과 만족을 바라는 사람이라면
접었던 연애를 다시 해야만 하는
곤란한 상황에 빠질 수도 있다.

타인을 사랑하는 것은 쉽지만
스스로를 사랑하는 것이 어렵다면
권하고 싶다.
매일 나 자신과 눈을 맞추는 일.
별다른 말이나 생각 없이 바라보는 것만으로도
도움이 된다.

거울에 비친 외모가 아니라
내 눈을 보면서 스스로에게 신호를 준다.
누군가를 사랑할 때의 내 눈빛을 생각하며
내가 받았던 그 눈빛을 생각하며.

꾸준히 바라보았을 뿐인데
자신감이 샘솟고
마음속 찌꺼기들이 정리된다.

내 얼굴이 마음에 들지 않더라도
상관없다고 말할 수 있는 자기 믿음.
잘못한 일에 심하게 자책하지 않는 자기 존중.
어렵게 나를 사랑하는 것이 아닌,
스스로를 아끼는 넉넉한 마음을 만들기 위해
오늘도 거울을 본다.
눈을 맞춘다.
이게 나구나.
그래, 나야.

그대로,
여전하게

연말이면 어김없이 새해 계획을 세웠다. 빳빳한 다이어리를 펼쳐 미끄러지듯 계획을 열거했나. 일관성 없는 목록들은 하나같이 '~한 내가 되기'를 의미했다.

매년 더 날씬한 내가 되기 위해 '다이어트'를 첫 번째로 적었다. 지난해 독서를 별로 하지 않았다는 이유로 (단순히 그 이유로) '한 달에 책 세 권 읽기'라는 계획은 두 번째 항목을 차지했다. 다짐만 실컷 하고 제대로 지켜본 적 없는 '영어 공부하기' 역시 빠지지 않았다.

날씬한 몸매의 내가 되기, 독서하는 내가 되기, 꾸준히 공부하는 내가 되기. 나는 이것들을 '자기관리'라 불렀다. 흐트러짐 없이 부지런하고 완벽한 매일매일을 꿈꾸며 1년을 계획했다. 지켜질 확률이라곤 사실상 0퍼센트에 가까운 이상적인 내용들이었다.

1. 아침에 운동하기. 밥 적게 먹기. 살 빼고 비키니 입기

2. 지하철에서 책 읽기. 도서관 자주 가기. 독서 블로그 운영하기

3. 영어 팟캐스트 듣기. 자막 없이 미드 보기. 매일 저녁 토익 공부하기

이야~ 개뿔이나!

군이 할 필요도 없는 다이어트를 계획으로 세워선 스트레스만 잔뜩 받았다. 읽지도 않을 책을 들고 다니느라 가방만 무거웠다. 당장 다가오는 중간고사, 기말고사 공부를 하고 교양 영어 수업 지문 외우기도 바빴다. 아무짝에 쓸데없는 지키지도 못할 계획은 매번 제대로 시도도 못해본 채 새해를 맞이하곤 했다. 중·고등학교 때도 마찬가지였다. 계획만 보면 전교 1등 하고도 남을 정도였다.

내가 세운 계획을 결코 지킬 리 없고, 지킬 필요가 없다고 생각한 건 2017년, 스물일곱 살이 되었을 때다. 내가 연예인이나 모델이라 몸매 관리가 꼭 필요한 사람도 아닌데 굳이 다이어트를 매년 계획할 이유가 없다는 것을 깨달았다. 영어 공부 따윈 아무래도 좋았다. 물론 회사원으로서 외국어를 배우며 자기 계발을 할 수도 있었지만 시간이 없다는 훌륭한 핑계로 간단하게 무시해버렸다. 출퇴근길 지하철이 미어터진다는 이유로 지하철에서 책 읽기, 한 달에 세 권 책 읽기 역시 아무렇지 않게 제쳐버렸다.

계획 없이 2017년 한 해를 보냈다. 자기 관리라는 명분으로 더 나은 내가 되기를 포기했다. 어차피 잘 지키지도 못하는데 나를 향한 지나친 요구를 과감히 접기로 한 것이다. 가끔 계획을 짜지 않은 나, 자기 관리를 하지 않는 나로 스트레스를 받기도 했지만 계획을 지키지 못하는 데서 오는 것에 비하면 아주 미미한 수준이었다.

그리고 놀랍게도 아무 일도 일어나지 않았다. 계획에 얽매이지 않자 오히려 더 많은 독서를 하게 되었고 다이어트의 강박을 벗고 내 몸의 자유를 되찾았다. 영어 공부 역시 때 되면 하겠지 생각했다. 아무리 생각해도 당장 급한 것은 아니었다.

괜한 계획으로 나를 괴롭히지 않기로 했다. 연말을 후회로 장

식할 필요가 없으니 말이다. 굳이 계획을 세워보자면 내용은 다음과 같다.

　　1. 하루 한 번 이상 내가 좋아하는 것 즐기기

　　2. 바쁘게 살지 않기

　　3. 느슨한 하루에 만족하기

자기 계발을 위한 영어 공부,

기타 연습, 캘리그래피 등 취미 생활,

음악을 들으며 글쓰기,

잠들기 전 요가.

현실적인 계획이 필요하지만

지나치게 이상적인 계획만 나열했다.

이런 계획이 부질없다는 것을 알기 전까지는

그 자체로 행복하고 즐거웠기 때문에.

학창시절 시험 기간

나는
안녕하다

나는 안녕하다.

사전적 의미 그대로 아무 탈 없이 편안하다.

그런데 가끔

내가 안녕하다는 사실을 잊고 산다.

그리고 그 반대말을

나에게 대입시키곤 한다.

혼란스럽다. 불안하다. 위험하다.

왜 그렇지?

다른 사람들은 모두 나아가는데

나만 뒤처지는 것 같았다.

다른 사람들에 비해

아무것도 한 게 없는 것 같았다.

다른 사람들에 비해……?

내가 아닌 누군가와

그리고 누군가가 정해둔 기준과 비교하고 있었다.

'재미있는 일을 찾는 것.'

이토록 단순한 내 기준을 잊고 살았다.

사회가 요구하는, 다른 사람이 말하는

'기준'에 맞춰서 살면

그 삶은 완벽한 삶일까?

나는 나의 기준을 되찾기로 했다.

그동안 나를 재고 가두던

타인과의 비교를 그만두기로 했다.

불안할 수밖에 없다.
진정한 나를 잊었을 때 말이다.
혼란스러울 수밖에 없다.
다른 사람에게서 나를 찾을 때 말이다.

어제보다 더 나은.
아니 어쩌면 더 나을 필요가 없더라도
나는 나와 비교하기로 했다.

서로의 속도를 비교하지 않고
서로의 방향을 강요하지 않으며
반복되는 일상에서 허무를 느끼고
혼자 뒤처진 것 같아 답답해도

그래도 괜찮다.
나는 그 자체로 안녕하다.

'나는 나의 길을 간다.'
'내 속도는 내가 정해.'
오글거리는 말처럼 들려도 상관없다.

그러니까, 나는
안녕하다.

불안했고 혼란스러웠고 방황했지만
나의 속도에 맞춰
나의 방향에 따라
길을 가고 있으니까
그 자체로 안녕하다.

여러분은
안녕하신가요?